高野ケイ
illust. ゆーにっと
転生したら
破滅フラグ
満載の
悪
族‼
～俺だ
原作知識
最強魔眼で成り上がる。
力の対価は
強制ハーレムです‼～
JN113917

シュバルツ　18歳
転生し、バルト領の領主に。
サキュバスの呪いにより、
異性を求める体に!?
ローザ　18歳
プリースト。
初めはシュバルツを嫌っていたが
態度が変化していき…。

グリュン 17歳
冒険者。シュバルツとともに
領地を守るため戦う。
リラ 20歳
国のため真面目に頑張る第三王女。
剣術が得意で
『戦姫』と呼ばれている。
リヒト 15歳
ローザの義弟。真面目でシュバルツ以外には
優しい。実は重度のシスコン!?
Character

「うふふ、これで一旦は満足です。
グリュンさんは
今回が初めてですからね。
私はサポートに回りますね」
「え？　ちょっと。
なんであんたが私の胸を揉むの……あっ」

「うおおおお!! 因果を見極め、我がものとせよ!!」

Contents

A vicious pig aristocrat full of destruction
flags after reincarnation

転生したら破滅フラグ満載の悪徳豚貴族!!

～俺だけ知っている原作知識と、最強魔眼で成り上がる。力の対価は強制ハーレムです!!～

高野ケイ

Jノベルライト文庫

〔イラスト〕ゆーにっと

プロローグ

「今日も終わらねーー!!」

俺は真夜中のオフィスビルで、一人むなしくカタカタとパソコンで書類を作っていた。目の前にあるのは大量の書類であり、明《あき》らかに一人で終える量の仕事ではない。

「明日までにやっておけよ」と言い残し、自分はさっさと帰りやがったクソ上司の顔が思い浮かぶ。

くっそ……なんでこんなことに……。

大学を卒業して入ったこの会社は完全なブラック企業だった。サービス残業、休日出勤は当たり前で、パワハラが横行《おうこう》しており、反論も許されない。おかげで友達とも疎遠になっていき、彼女もいないままもう三十歳である。

「はぁー、ふざけやがって……」

俺がまだまだ終わらない書類を見ながら、エナジードリンクを飲んで文句を言っていると、スマホから通知がくる。

「お、感想をもらえたみたいだな」

趣味で書いてる小説の投稿サイトから通知がきたようだ。親友と一緒に書いている小説はそこそこ受けているようで、こんな風にちょいちょい感想などももらえるのだ。これが生きがいになっているといっても過言《かごん》ではない。

内容は剣と魔法の世界を舞台にしたファンタジー小説であり、ブラック企業で働いているからか、こんな現実からおさらばしたいという願望をこめた夢と希望に満ちた世界だ。

ああ、本当にこの世界に行けたらなと思いながらサイトを開く。

神様：素晴らしい世界ですね。もし、あなたがこの世界に転生できるとしたら行きたいですか？

HN神様か……なかなか面白い人だな……ネットにはいろいろな名前の人がいるものだ。俺はにやりと笑って「もちろんです」と感想を返す。俺と親友で作り上げた理想の世界なのだ。転生できるならば転生したいに決まっている。

だってさ、もしも、転生したら現代知識とか使って、新しいものを作って尊敬されたり、かっこいい魔法を使って戦ったり、可愛《かわい》いヒロインと恋仲になりたいものである。今のクソみたいな職場のように頑張って褒められずに使い潰される人生とはきっと違うものがまっているだろう。そんな風に現実逃避をして、書類の山を見て、溜息をつく。

そして、再び仕事に戻ろうとエナジードリンクを飲み干した時だった。

「うう……」

たまった疲労のせいだろうか、いきなり胸が痛くなり、呼吸すら苦しくなる。あ、これはやばい……そう思った俺の意識は暗闇へとおちていくのだった。

◆　◆　◆

意識を取り戻すと何やら柔らかい感触と甘い匂いが俺の鼻孔《びこう》をくすぐる。なんだろうと思って柔らかい何かを掴むと甘い声が返ってきた。

「あっ♡」

「は？」

突然のことに俺が目を開けると目の前には、決して現実ではありえない赤色の髪をした美女が自分の隣に横たわっている。

しかも、自分の右手はそんな一糸《いっし》まとわぬ彼女の胸を掴んでおり……信じられないとばかりに女性を見つめると、媚《こ》びるようにこちらを微笑《ほほえ》む。

「なんだこりゃーーー!?」

突然のことに俺は慌ててベットから飛び起きた。待った。待った。誰だあの女性は？　というかここはどこだ？　完全に混乱している。

そのままの勢いで俺はパンツ一丁で部屋から逃げ出すように飛び出した。そして、たまたま部屋の前の歩いていた人影とぶつかりそうになってしまった。

「ど、どうされたのですか、シュバルツ様？　しかも、そんな恰好で……」

「ああ、すまない。ぶつかりそうに……メイドだと？」

廊下でぶつかりそうになったメイド服の女性の言葉で違和感が完璧なものになる。今、呼びかけられた名前に、なぜか、こちらを恐怖して見ている目の前のメイド服の少女。

続いて、鏡に浮かぶ顔はでっぷりと太ったどこか禍々《まがまが》しい緋色《ひいろ》の瞳を持つ金髪の青年だった。これは……まさか噂の異世界転移ってやつか!!　まさか、俺は本当に異世界に……。

　一瞬喜びかけた俺だったが冷静に頭を働かせる。まてよ。シュバルツってまさか、俺の書いた小説のキャラクターじゃ……。

「なあ、君、俺の名前をフルネームで教えてもらえるか？」

「はぁ……そのシュバルツ＝バルト様ですよね……」

　メイドは怪訝《けげん》な顔をしながらも答える。家名《かめい》も俺の考えた小説のキャラクターと同じである。嫌な予感がした俺は彼女に質問を重ねる。

「もう一ついいか、今は何年の何日だ？」

「はい、王国歴百九十二年五月五日ですが……」

「まじかよーーーー!!」

　メイドの言葉に俺は悲鳴を上げてしまう。無理もないだろう。このシュバルツというキャラクターは主人公でもなんでもない。噛《か》ませ犬の悪役であり……しかも、あと二日でここに敵国である帝国が攻めてくるのだから……。

一章　転生したら破滅フラグ満載の悪徳豚貴族だった件について

「どうすればいいんだ、これ……」

あの後、自室に戻った俺はベッドに横たわっていた女性に出て行ってもらい、一人頭を抱えていた。今の俺はどうやら自分で書いた小説の世界の人間に転生してしまったようだ。ここまではいい。むしろ、前世のようにブラック企業で働かされて、親しい友人も一人くらいしかいなかったので未練《みれん》はない。だけどさ……転生先がこいつはないだろう。

俺は改めて鏡を見ながら大きく溜息をつく。今、俺が転生したシュバルツ＝バルトというキャラクターは魔力を自由に操る『支配眼』という強力な魔眼を持っているこの街の領主だ。ここだけ切り取れば何かかっこいい特殊能力と権力を持っているなんてすごいじゃんって思うかもしれない。だけどさ……。

「これだもんなぁ……」

鏡にうつった姿は元の造形はよかっただろうに、ぽっちゃりした顔に無精《ぶしょう》ひげが生えている。そして、ろくに運動をしていないためか、まだ十八歳だというのに、だらしなくでっぷりとその存在を主張するお腹という不健康な体である。そして、唯一の長所のはずのどこか禍々《まがまが》しく光る魔眼には一つの弱点があるのだ。

溜息をついているとコンコンというノックの音が響く。ようやく頼んでいたものがきたようだ。

「入っていいぞ」

「ローザです。失礼いたします。資料をお持ちいたしました」

少し警戒した声でやってきたのは、この世界でも珍しい銀髪のメイド服の少女である。年齢は十八歳くらいだろうか、絹のように美しい銀色の髪と、整った顔、そして、その存在感を主張する胸元に俺の下半身が熱くなる。

おちつけぇぇぇぇ!!　もちろん、これは俺が変態というわけではない。これが俺にかけられた呪いなのである。

「大丈夫ですか、シュバルツ様？　体調が悪いのですか？」

「いや、大丈夫だ。それよりも資料をありがとう。助かる」

「シュバルツ様が……お礼を言った？」

彼女が驚くのも無理はないだろう。本来シュバルツという男は悪役にふさわしいクズなのである。この男は領主という立場を理由に、重税をかけて贅沢《ぜいたく》をして私腹を肥やしているのである。もちろん、部下も消耗品にしか思っていない。

そして、特に悪いのは女癖だ。一応それには理由もあるんだが……そんなことを思っていると体の奥からすさまじい飢えを感じた。

「くっ……」

「シュバルツ様？　まさか、サキュバスの呪いですか⁉」

俺の態度にローザが後ずさる。それも無理はない。今の俺……シュバルツの魔眼は強力であり、他国との境であるこの街を任されるほどだった。そして、それを恐れた敵国の罠によって、シュバルツは定期的に女性と触れなければいけないという呪いに侵《おか》されているのである。しかも、魔眼を使えばよりひどくなるという条件付きである。

まるでエロゲーのような設定なのだが、いざ自分がかかると正直笑えない。これだけ聞けば可哀そうな男と思うかもしれないだろう。だけど、このシュバルツはそれを理由に商売女や屋敷の女を自分の部屋に連れ込んで抱いたりと好き勝手をしていたのだ。俺は童貞だというのに羨《うらや》ましい限りである。まあ、そのおかげで領民や部下たちの評価はごみクズ扱いなんだけどな。今もローザが俺から距離を取ったというのはそういうことだろう。

「だが、思ったよりもきついな……」

正直今すぐにでも彼女に抱き着きたいが、そんなことをすれば俺の評判はますます下がるだろう。ましてや、ローザは強力な力を持っている上に、この街のプリーストをやっており、人々の信頼も厚い。帝国の襲撃《しゅうげき》まであと二日しかないのだ。

なんとか、シュバルツは心を入れ替えてまともになったのだと思ってもらい、彼女の力を借りて少しでも領民や兵士の人望を稼がねばならないのである。

「大丈夫だ……もう、落ち着いた。質問なんだが、正直に答えてほしい。今、俺が軍を動かすと聞いて兵士は動くと思うか？　それに領民たちは俺をどう思っているる？」

「それは……」

ローザは言いにくそうに言葉を濁《にご》す。いや、わかっていたけどさ、これは相当低いだろうな……だけど、現状を理解しておかなければいけないのだ。

「お前を絶対罰しないから正直に言ってくれ。もしも、俺が嘘をついて逆上《ぎゃくじょう》したらこれで刺してくれてかまわない」

俺が机の上に置いてあったペーパーナイフを彼女の方に投げると、俺とナイフを交互に見て迷った上にナイフを手にとった。

そして、決心したように口を開く。

「わかりました。それでは遠慮なく言わせていただきます。シュバルツ様は女性問題や、領地内にいる魔物を放置していることもあり、評判はあまりよろしくありません。今、兵を動かそうと思えば最低限は命令に従うかもしれませんが士気《しき》は最悪だと思います」

「そうか……」

まあ、予想内である。二日後に来る敵兵はかなりの数だったはずだ。本来ならばシュバルツはここで帝国に負けて、自分の命欲しさに寝返るのだ。

そして、俺はその後に待っている未来を知っている。領地に攻め入ってきた主人公に敗北し、領民たちに処刑されるのである。

ここで負けても原作通りにしばらくは死ぬことはないだろうが、帝国の監視が付いているため逃げることは許されず、結局は主人公たちに勝てず処刑されるだろう。

つまりここで勝つしかないのだ。

「ですが……もしも、領地内で暴れている魔物を倒すことができれば、兵士たちの士気は上がるかもしれません。多少性格に問題はあっても、強い人間には従いたくなりますから」

「なるほど……でも、なんでそれを、俺に？」

予想外の言葉に俺は眉を顰《ひそ》める。ありがたい助言だが、彼女は俺を嫌っているはずなのになぜアドバイスをくれるのだろうか？　彼女の提案は理にかなっており、俺も魔物を倒し、人望を得て、ついでにとあるアイテムを入手しようと考えていたのだ。

怪訝に思いながら問うと、彼女は複雑な顔をしながらだが答える。

「私はあなたに無理やりに連れてこられましたが、この街が大好きです。ですが、最近は周辺諸国の動向《どうこう》が怪しいとみんな噂をしています。戦争になれば国境沿いのこの街は危険にさらされるでしょう。それならば、何がきっかけかはわかりませんが領主様がやる気を出したならば、少しでもお力になれればと思いました」

硬い声でローザが答える。クソみたいな領主でもこの街を守るためならば頼るしかないってことか……確かにシュバルツの魔眼はかなり強力だ。本来は主人公を苦戦させるための力だからな。

そして、それがあれば……領地内にいるという魔物も倒せるだろう。俺の魔眼とあの魔物は相性がいい。

「わかった。では、さっそく魔物を……いや、悪魔を倒してみせよう」

「悪魔……ですか？　それが街を襲う魔物の正体だというのですか……？」

悪魔という単語に、ローザが困惑の声を上げる。それも無理はないだろう。悪魔は高い知能を持ち、強力な魔法を使う存在だ。そうそう出会えるものではないし、目を合わされたら生き残るのを諦めろと言われるくらい強力な存在なのだから。

「なんで……魔物の正体を……それに、居場所はご存じなのですか？」

「俺だって、ただ遊んでいたばかりではないってことだ。色々と調べてるんだよ。悪魔の首を持ってくるから楽しみにしていてくれ」

まさか原作者の知識ですとは言えないので、適当に誤魔化《ごまか》して俺は自分の部屋を後にする。流石《さすが》に武装をしないとな。

背後で「まさか……この人が……？　いや、でも……」などと呟いていたのが気になったが、おそらく聞いても答えてはくれないだろうから気にしてないでおこう。

「それで……なんでお前もいるんだ？　悪魔だって言ったろ。命の保証はないぞ」

肥満気味の体になんとか鎧《よろい》を押し込んだ俺を待っていたのは、こちらと同様に武装をしたローザだった。プリーストが着るようなローブに身を包み、その腕には金属製のメイスを装備している。

「それはシュバルツ様も同じではないですか。あなたにお願いをしたのは私ですし、回復魔法を使いサポートをすることができます。足手まといにはならないのでご安心ください」

「それは知っているが……」

もちろん、作者である俺は彼女が回復魔法を使え、そこそこ戦えることも知っている。ローザは原作主人公の義理の姉で、プリーストとしての能力と『神託』という神の声を聞く力を持っている。そんな彼女がなぜここにいるかというと、教会でプリーストとして働いてたところを、一目惚れしたシュバルツが無理やり金の力で自分の領地のプリーストにしたのだ。

だが、流石のシュバルツも教会の人間をむりやり手籠《てご》めにすることはできなかったので、使用人扱いし、メイド服を着せるという嫌がらせをしているのである。

だからこそ、彼女が何を考えているのか読めない。ローザは俺を嫌ってこそいるだろうが、忠誠を誓っているはずがないのだ。

まあ、ちょうどいい、魔物を俺が倒したという証人とすべく誰かを悪魔退治に同行させようかと頭を悩ませていたのだ。街の人間にも人望の厚い彼女ならば証人に適任だろう。

「だけど、誰もいないところで亡き者にしようっていうんじゃないよな……」

「そんなことはしませんよ……あなたを見極めようとしているだけです」

ボソッと呟いた独《ひと》り言が耳に入っていたようだ。ローザが少し冷たい目でこちらを見つめる。気まずくなった俺は誤魔化《ごまか》すように目的地へと向かう。

「シュバルツ様はどうやってこの街にいる悪魔の隠れ家を見つけたのですか？」

「ああ、俺の魔眼が魔力を捉《とら》えてな。それで悪魔の住処《すみか》を発見したんだよ」

「サキュバスの呪いがあるというのに、シュバルツ様は魔眼を領民のために使ってくださったのですか⁉」

ローザが信じられないとばかりに声を上げるが、もちろん、嘘である。俺が原作者だから知っているだけにすぎない。ちなみにここにいる悪魔は本来ならばここを占領した主人公が、民衆に頼まれて退治をして、好感度を上げ、そのついでに、封印されていたアイテムと領地運営の資金をゲットするというパワーアップイベントだったりする。

つまり、ここで俺が悪魔を倒せば、兵士たちの士気も多少上がり、アイテムまでゲットできるというわけだ。しかも、そのアイテムは俺の魔眼とも相性がいい。これぞ、作者チートである。

「ふははは、ここからシュバルツ＝バルトの英雄譚《えいゆうたん》がはじまるのだ!!」

「シュバルツ様……？　その、大丈夫ですか？」

ついテンションが上がって独り言を言ってしまい、ローザに無茶苦茶引かれてしまった……そして、微妙な空気の中、俺とローザが目的地へと向かっていると館を守備している兵士たちとすれ違う。

「シュバルツ様が武装しているなんて珍しいですね……」

「一体どうしたんです？　何かあるのならば私たちにお任せください」

彼らは俺達の行く先を確認するように話しかけてくる。もちろん、彼らは俺の命を心配しているわけではない。シュバルツが余計なことをしないように警戒しているのだ。

おおかた、女でも無理やり連れ去るか、気に入らないやつに喧嘩《けんか》を売りに行くとでも思っているのだろう。シュバルツの性格は終わっている上にそれをするだけの能力と権力があるからな。

「ああ、この街を危険にさらしている魔物を倒しに行く」

「は？　魔物を……ですか？　あの魔物は神出鬼没《しんしゅつきぼつ》なうえに強力な力を持っていて、我々でも苦労をしているのですよ」

「シュバルツ様はご冗談がうまい。そう言って街に行くつもりでしょう？　買い物ならば私がやりますし、好みの女性もつれてきますから、部屋でゆっくりしていてください」

俺の言葉に二人は何を言っているんだとばかりに苦笑して押しとどめようとする。一人は少し馬鹿にした様子で、もう一人ははなからこっちの話を信じていないようだ。パニックにさせないように悪魔という言葉は使わなかったが、これではどのみち信じてもらえなかっただろう。

そんな二人にローザがぴしゃりと叱るように言った。

「シュバルツ様は本当に魔物を倒しに行くんです。道を開けてくださいますか？」

「え……ローザ殿がそう言うのなら……」

彼女の言葉にようやく二人が道を開ける。どうやら俺は信じられないが彼女の言葉には説得力があるようだ。流石の扱いに、笑えてくる。

「ローザ信じてくれてありがとう」

「いえ、これまでのシュバルツ様ならば、この時点で癇癪《かんしゃく》をおこしていました。ですが、あなたは彼らをなんとか説得しようとしていました……だから、信用できると思ったのです」

「そうか、だったらお前の信用に応えないとな」

先ほどの兵士たちの反応が一般的な評価なのだろう。気にくわなければすぐに癇《かん》癪《しゃく》をおこし、好き勝手する女好きのクソ領主。だが……今の評価が低ければ低いほど結果を出した時の皆の反応は変わるはずだ。

そう考えた俺は館を出て、敷地の隅《すみ》にある宝物庫へと向かう。頑丈《がんじょう》で魔法にも耐性があるミスリルで作られた立派な建物だ。そして、俺はその一部に内部から焼いて作られた穴があるのを確認する。

どうやらここから悪魔は夜《よ》な夜《よ》な抜け出しているようだ。

「ここは……初代領主様の宝物庫ですよね？　どうしてこんなところに……」

「ああ、ここを統治していた初代領主が封印していた悪魔がいる。本来は宝物を守るために囚われているんだが、その封印も長い年月のうちに解《と》けてきたんだろうな」

「こんな近くに悪魔がいたなんて……」

ローザが驚愕《きょうがく》の声を漏らす。悪魔の種類によっては街一つ滅ぼすことだって可能だろう。それなのに被害が少ないってことは……まだ、悪魔は本調子ではないってことだ。

今がチャンスということである。

「ですが、ここの宝物庫は初代領主様の試練を突破しないと開けることはできないはずです。その試練はとても難しく、代々領主になった者が挑んだものの誰もクリアできていないと聞いています。悪魔の居場所がわかっても入ることができないのでは……？」

「その心配ならばいらないぞ。俺はここの開け方を知っているからな」

「は？」

「まあ、見てろって」

間の抜けた声を上げているローザを横目に俺が初代領主の銅像の口の中に手を入れて魔力を込めてこういう時のお約束の呪文を唱える。

「開け、ゴマ」

「シュバルツ様……？」

しかし、何もおこらなかった……え、ちょっとマジで？　今、ローザにかっこつけたばかりなのにこれじゃあ、ただの痛いやつじゃん。どうしようと困惑しているとゴゴゴッ!!　と何か重いものが動く音がした。少し時差があったようだ。

「これで開いたはずだ。行くぞ」

「すごい……本当に鍵が……シュバルツ様は本当に初代領主様に認められたのですね……やはり、この人が救世主なのでしょうか……」

扉を開けて中に入ろうとするとローザが困惑と共にわずかな尊敬の念がこもったまなざしで見つめてくるが、もちろん、試練なんて受けてはいない。本来は主人公たちが精神、肉体ともに極限状態まで追い込まれて開け方を知るのだが、原作者である俺がそんなことをする必要はない。

ぞくにいう知識チートである。しかし……本番はここからだ。なぜなら、まだ完全に復活はしていないとはいえ、本来は主人公たちがある程度強くなった時に戦う悪魔がいるのだから……。

◆

◆

◆

ミスリル製の扉は俺が触れるとまるで導くようにあっさりと開いた。中は真っ暗だったが、俺達が足を一歩踏み入れると同時にぱぁーと明るくなる。魔法か何かなのだろう。手前から奥へと順々に明かりが灯《とも》っていく。その光景はまるでイルミネーションのようでどこか神秘的である。

「シュバルツ様……これは……」

「ああ、金銀財宝ってやつだな。初代領主の遺産といったところか」

明るくなった俺達の目に入ったのは床に散らばっている金貨や銀貨、宝石だ。まるで昔見た漫画のワンシーンのようでワクワクするのは気のせいではないだろう。

そして、その奥に不思議な鉱物で作られた祭壇があり、そこに腕輪が置かれているのが見える。遠目にも強力な魔力を宿《やど》しているのがわかり、魔眼が疼《うず》く。

「シュバルツ様、気を付けてください。結界よ‼　我らを守りたまえ‼」

「うおおおお⁉」

俺が腕輪の方へ一歩踏み出した時だった。腕輪の置いてある祭壇の影から炎のブレスが飛んでくるが、それをローザが生み出した不可視の結界によって防いでくれた。

それと同時にすさまじいまでの魔力の塊が魔眼に映る。

「うふふ、だめだよぉ♡　人のものを勝手にとったらいけないんだぁー♡」

「お前が……この宝物庫の番人だな」

「これが……悪魔ですか……」

俺達の目の前で魔力の塊が徐々に人型を象《かたど》っていく。外見こそ起伏の薄い中学生のような体形の少女であるが、頭部には禍々しい角があり、その背中には蝙蝠《こうもり》のような翼のある、ビキニのような露出の高い服装を身に着けた悪魔である。不思議と扇情的《せんじょうてき》なのはその仕草《しぐさ》がどこか蠱惑的《こわくてき》だからだろう。

そいつがにやにやと小ばかにするように笑いながら放つ圧倒的なプレッシャーに、ローザと俺は息をのむ。今の炎は完全に俺を殺す気だった。その事実が異世界転生して浮かれていた俺の興奮を冷ましていく。

なんでだ？　なんで、俺はたかが敵を知っているってだけで戦えるなんて思ってしまったんだ？　俺はただのブラック企業の社員にすぎなかったのに……。

そんな俺の内心を見透かしているように彼女はにやりと笑う。

「私の名前はアモンだよぉ♡　こわーいおじさんにこの宝物庫の腕輪を守るように封印されていたの♡　ねぇ、私、お腹すいてるんだけど、子豚ちゃんの魔力は美味《おい》しそうだねぇ。食べちゃっていいかなぁ♡」

「腕輪を守る？　封印？　一体どういう……？」

「こいつは初代領主ソロモンの命令で、この宝物庫の腕輪を守っていたんだよ。正当な方法で入った俺達は狙われないはずなんだけどな……」

「子豚ちゃんは詳しいいね。いい子いい子してあげる。でもねぇ、一つだけ間違ってるよぉ。私みたいな高位の悪魔をずっと封印なんてできるはずないの♡　それに、分身を街に放ち、徐々に魔力を高めていたにも気づかないなんて……本当に人間て、おばかさぁん♡」

楽しそうに笑い声をあげるアモン。くっそ、主人公たちが来る時にはもう完全に封印は解かれていたが、今ならばまだ封印されているんじゃないかなと期待したがそううまくはいかないようだ。

だけど、相手が悪魔ならば問題はない。俺はアモンの放とうとした魔力の塊である炎を視て、魔眼を発動する。だが、その結果は炎が一瞬動きが鈍《にぶ》くなっただけだった。

「うふふ、何かしたの？　でも、そんなんじゃ意味ないよー♡」

「っつ!!」

「シュバルツ様!!　大丈夫ですか？　結界よ!!　我らを守りたまえ!!」

眼に激痛が走り、うずくまってしまう俺を再びローザの結界が守る。なぜだ？　なんで、俺は相手の魔法を支配できなかった？

その答えは意外な相手から教えられる。

「へぇ。子豚ちゃん魔眼を持ってるんだぁ♡　すごいねぇ♡　それで私をどうにかするつもりだったのかなぁ？　だけど、私の力を制御するには魔力が足りなかったみたいだねぇ♡　やーい、ザーコ、ザーコ、雑魚《ざこ》豚ちゃん♡」

あざけるように笑うアモン。くっそ、理論上は支配できるはずなのに肝心の俺の能力が足りないのか……シュバルツが能力にかまけて修行もしていなかったのも関係しているかもしれない。

だけど、それだけならば、なんとかなる可能性はあるのだ。

「くっそ、あの腕輪を装備さえすれば、あいつを倒せるのに……」

「それは本当ですか？」

俺の独り言に反応をしたのは、ローザだった。彼女は俺を見定めるようにじっと見つめて、続きを促してくる。

「あ、ああ!!　あの腕輪は魔力を高めるものなんだ。だから、あれさえ装備すれば俺は魔眼であいつの力を支配することができる」

あの腕輪は強力な力を秘めており、俺の魔眼を強化するチート装備なのだ。クソ雑魚のシュバルツでも、悪魔を制御できるくらいに……。

「わかりました。では、任せます。悪魔よ‼　私の神に誓いあなたを滅《めっ》してみせましょう‼　光よ、不浄なる者を焼き払え‼」

俺の言葉を聞くとローザは躊躇《ちゅうちょ》なくアモンの方に向かい光の球を放つ。なんで彼女は俺を信じてくれたんだ？　シュバルツとローザの関係は最悪だったはずだ。そもそも、彼女を金の力で自分の領地へ招いた挙句《あげく》、プリーストではなく、メイドとして扱ったのだ。

殺されても文句は言えない扱いだというのに……。

「うふふふ、ざーんねん。そんなんじゃ私の力は防げないよー♡」

ローザの安い挑発に乗ったアモンが彼女に向けて再び炎を吐き出す。それを彼女が先ほどのように結界で防いで……いや、アモンの炎が黒くなり、結界が徐々に焼かれていく。

それを横目に俺がようやく祭壇にたどり着いて、腕輪を握るが、微動だにしない。なんで……？

「お姉さん、かっこいいこと言ったのにどうしたのかなぁ？　黒き地獄の炎はねぇ、聖なる力を焼き尽くすんだよ♡　あとね……その腕輪は強い願いを込めないと封印は解けないんだよぉ♡　雑魚豚ちゃんにそんな願いはあるのかなぁ？　もしかして、腕輪の封印を解けば勝てるかもって期待しちゃった？」

アモンがにぃーーっと意地の悪い表情でけらけらと笑う。俺が腕輪に向かっているのに気づいてたのかよ……そして、ローザの顔が絶望に染まるのが見える。

「強い願いか……せっかく異世界転生したんだ。この世界でみんなに認められて、可愛い子と過ごしたい‼」

全力で念じるが腕輪は微動だにしない。原作主人公はあっさりと封印を解いたというのに、俺には無理なのか？　俺は転生してやりたかったことを願ったというのに……。

今の俺に他には何かあるのか？　俺は偶然転生しただけの人間で……この世界の人々にだってまだ愛着は……いや、あるな。兵士と会話した時に俺を信じてくれて、さっきもまた、俺を信じて囮《おとり》になってくれた少女がいる。

ブラック企業でごみクズのように使われている時は誰も信用してくれなかったし、庇ってもくれなかった。そんな俺を信じてくれたのだ。ローザが信じてくれた時、俺は本当に嬉しかったのだ。だから、俺の願いは一つだ。

「腕輪よ、俺に彼女を守る力をくれ!!」

その言葉が通じたとでもいうように腕輪が輝くとそのまま俺の腕に納まる。

「え、雑魚豚ちゃんが封印を解いた？　でも、それだけじゃ私は倒せないよーだ♡」

驚きながらもアモンが俺の方に黒い炎を放つ。先ほどまでは怖かったのに、今は一切の恐怖を感じない。

もう、こいつは俺の敵ではないとわかっているからだ。

「シュバルツ様!!」

「大丈夫だ、俺を信じろ!!　因果《いんが》を見極め、我がものとせよ!!」

俺は自分の結界を解いて、こちらを守ろうとしたローザを制止して、彼女を襲う炎と自分に向かってくる炎を左右それぞれの眼で見つめる。

アモンの生み出した炎は先ほどと同様に一瞬だけ動きがとまり……奴が小さく笑うと、再び動き出す。

だけど、さっきとは違うんだよ。

腕輪が輝き俺の魔力を増幅《ぞうふく》するのがわかる。これが『ソロモン』の腕輪の効果。使用者の魔力を高めるのだ。そして、今の魔力の高まった状態で魔眼を使えば……

今度は二つの炎は方向転換をして、アモンに襲い掛かる。

「このメスガキが!!　自分の力で焼かれてくたばれ!!」

「私の力が支配されたの？　そんな……くぅぅぅ、炎が言うことをきかない……本来の力さえ戻っていればこんなことにならないのにぃぃぃぃ!!」

先ほどまでの余裕はどこにいったやら、悔しそうに叫びながらアモンは己の炎に焼かれていく。

「覚えてなさいよ。雑魚豚が無様《ぶざま》に苦しむところ、特等席で見ててあげるんだからぁ!!」

その一言を最期にアモンは消し炭と化した。ふははは、メスガキをわからせてやったぜ。俺の魔眼をなめるなよ!!

そして、アモンの力の一部が腕輪に吸収されていくのが見える。この腕輪とアモンは関係があったのだろうか？

強力な魔力を制御したせいか、頭痛が襲ってきて思わずふらついてしまう。

「本当に悪魔を……倒した……？　あ、シュバルツ様!!」

地面に倒れそうになった俺を心配して駆け寄って支えてくれるローザ。彼女にお礼を言おうとして……自分の体からすさまじい飢えを感じる。彼女が触れた部分が熱くなり、もっともっとと脳内で囁《ささや》いてくる。

「ローザ、離れろ……そして、人を呼んできてくれ」

「まさか、魔眼を使ったせいでサキュバスの呪いが……」

俺の言葉とは裏腹にローザが優しく抱きしめてくれる。胸に顔を押し付けられると体がどんどん熱くなるが、代わりに飢えが満たされる。

そして、脳内でもっともっと……何かが訴えてくる。なんでだ？　魔眼は抱きしめれば収まるはずだ。だけど、飢えが満たされたのは一瞬だった。まだまだ足りないとばかりに飢えが押し寄せて来て、今度は俺の方からも抱きしめる。

「ん……シュバルツ様……」

「すまない、痛かったか？　だけど、抑えられないんだ……早く離れろ」

顔を上げて彼女と見つめあう。瞳にうつる自分の顔はなんとも苦しそうである。

今はなんとか抑えているが今にも彼女を襲ってしまいそうだ。

だけど、彼女はなぜか俺を離さない。その体は俺に抱き寄せられたままうるんだ瞳で俺を見つめ返してくる。

「シュバルツ様……先ほど腕輪には何を願ったのでしょうか？」

「それは……お前を守りたいと願ったんだ……だって、ローザが最初に俺を信じてくれたのが嬉しくってさ」

俺が照れながら言うと、彼女が息をのむ。そして、少し顔を赤くして俺を抱きしめる手に力が入る。

「もしかしたら……強力な力を使ったので呪いが進んだのかもしれませんね？　シュバルツ様……その、初めてですので優しくしてくださると嬉しいです」

「え？」

少し緊張した声で彼女が唇を重ねてくる……そうしたらもう、我慢の限界だった。俺は彼女の唇を自分の唇で襲い、その口をこじ開ける。

「んっ……♡」

甘い声と共に俺の舌と彼女の舌がまじりあって、とろけるような感触と共に彼女と一つになるような錯覚を感じる。彼女も同様なのだろう。いつもの澄んだ顔がどこか赤く可愛らしい……と、そこで俺は正気に戻って彼女と距離をとる。

「ローザ、すまない。今のは……」

「わかっています。サキュバスの呪いのせいなのですね」

「ああ、そうだ……これまでは抱き着けば収まっていたはずなんだが、今回はそれじゃあ収まらなかったんだ。もしかしたら、こいつのせいで本来の力以上の魔力を使ったからかもしれない……」

俺は恨めしそうに自分の腕に収まっている腕輪を眺める。魔力を高める腕輪だが、魔力があがったせいで、サキュバスの呪いもまた強まってしまったようだ。

原作ではシュバルツがこの腕輪を使うことはなかった。だからこんな副作用があるなんてわからなかったのだ。

「シュバルツ様、このことですが……」

「ああ、わかっている。今のキスはお互いノーカンだ。これはあくまで儀式のようなもので……」

「そうじゃないです!! 呪いもまた強化されたことに関してです!! そりゃあ、先ほどのはキスはあれでしたが……」

俺の言葉に顔を真っ赤にしたローザは誤魔化すようにして衣服の乱れを正す。そして、仕切りなおすように咳ばらいをした。

「シュバルツ様の呪いが強化されたと知られたら、せっかく悪魔を倒したというのに、民衆は不安がるでしょう。兵士たちの士気にも関わります。ですから、このことはほかの誰かに知られてはいけません」

「ああ、そうだな。だがそうすると、魔眼を使った後はどうすればいいんだ。抱き着く以上のことを頼める相手なんていないぞ。流石に娼婦《しょうふ》を戦場につれていくわけにはいかないし……。

「その場合は……その……私があなたの相手をします」

「え？」

予想外の提案に俺は思わず聞き返す。すると彼女はすました顔で……だけど、顔を真っ赤にして答えた。

「ですから、私があなたの相手をします。その代わり……この街を救ってください。あなたは悪魔を倒し、呪いにも打ち勝ったということにするのです。そうすればあなたを見下す者は減り、兵士たちも話を聞いてくれるでしょう」

「本気なんだな……だけど、なんでローザはそこまでするんだ？」

こちらをまっすぐと見つめる目が彼女の言葉が冗談ではないということを示している。だけど、彼女はどこか焦っている気がする。二日後に敵兵が攻めてくるということは俺の原作者としての知識だ。だから、彼女が知っているはずはないのだが……。

「信じていただけなくても構いません。私には『神託』という神のお告げを聞くことのできる能力があるんです。それで、近いうちにこの街に帝国が攻めてくるとお告げがあったんです。そして、街の人々が虐殺《ぎゃくさつ》にあうと……」

「そんな……」

俺は彼女の言葉に思わず聞き返す。だって、原作では自分の命欲しさに寝返ったシュバルツたちは、大した被害が無く帝国の管理下に置かれるのだ。そもそも、ローザの神託はこの戦《いくさ》に関しては発動しないはずである。

もしかして、俺が抵抗しようとしているからか？　それとも、俺が現れたことによって、何かが変わりつつあるのか？

「そして、それを阻止できるのは強力な力を持つ救世主だけだと言うのです」

「その救世主が俺だって言うのか……？」

「それはわかりません。ですが、今日一日一緒に過ごして、あなたが救世主であるという可能性があると私はみました。私にとってはここはもう、第二の故郷なんです。みんなが泣く姿は見たくないんです。この街を守るのに力を貸してはいただけないでしょうか？　私にできることならなんでもします」

彼女は俺に頭を下げる。なんで彼女に原作にはない神託が下っているのか？　俺が救世主かどうかなんてわからない。だけど、俺がやりたいことはもう決まっている。

「頭をあげてくれ、ローザ。むしろ、それを頼むのは俺の方だよ。だって、俺はこの街の領主なんだからさ。俺は救世主ではないかもしれない。だけど、俺は全力でこの街を守ろうと思う。だから、力を貸してくれるか、ローザ」

「私の言葉を信じてくださるのですか？」

「当たり前だろ。だって、ローザは俺を信じてくれたじゃないか」

「シュバルツ様……」

ローザは感極《きわ》まったように目に涙をためて笑みを浮かべた。そして、俺達は本当の意味で仲間になったのだった。

そして、腕輪を手にして宝物庫の宝を一部持っていくことにする。

「じゃあ、ひとまずこの財宝をなんとかするか、あとはこいつの死体もなんとかしないとな……とりあえず、これを持っていって悪魔を倒したぞーって報告するか、そうすれば少しは俺を見る目も……お？」

「くぅーん」

俺がアモンの死体を持ち上げようとすると、その下から暗闇のような真っ黒な犬が顔を出す。なんだこいつは……。

「どうしました、シュバルツ様？　これは……可愛らしいワンちゃんですね。でも、どこか変な感覚がします」

　可愛らしい犬を見て一瞬頬を緩めたローザだったが、状況を思い出したのか引きしめる。彼女と同様に嫌な予感がした俺が魔眼で見ると、それは犬の形をした魔力の塊……つまり、悪魔だった。殺すか？　と悩むと「くぅーん」と弱々しく鳴いて、俺の手にすり寄ってくる。さっきのアモンの捨て台詞も気になるし、何かしら関係はあるのだろう。だが力は比べ物にならないくらい弱い。力の大半《たいはん》は腕輪に流れたし、俺の魔眼の支配下にある。これならもしかして……。

「ローザ、こいつは可愛い姿をしているが悪魔みたいだ。さっきのやつの魔力の残りかすかもしれないな……」

「なるほど……では、可哀想《かわいそう》ですが倒すしかありませんね。今は弱くとも力をつけて人を襲うかもしれません」

「いや、悪魔は敵に回せば厄介《やっかい》だが、仲間にすれば強力だ。今のこいつならば俺の魔眼があれば支配できるかもしれない。でも……」

　魔眼を使うと言うのはつまり、サキュバスの呪いもまた発動するということだ。つまりまた、ローザに負担を強《し》いることになる。

　俺が言いにくそうにしていると、ローザが少し顔を赤らめながらも微笑む。

「もう、先ほどお約束をしたではないですか、私は構いませんよ」

「そうか……その、ありがとう」

俺は子犬の悪魔に魔眼を使い支配を試みる。大した抵抗もなく、テイムすることに成功したようだ。そして、それと同時にすさまじい飢えに襲われ……ることはなかった。

俺が何かを言う前に、何か暖かくて柔らかいものが、俺を包んだからである。これはまさか……おっぱい？

「シュバルツ様……大丈夫ですか」

「ああ、おかげで呪いが収まったよ」

「それはよかったです。それと……言い忘れましたが、さっきのシュバルツ様はかっこよかったですよ」

俺を抱きしめる力が少し強まった気がした。そして、しばらく彼女の胸に顔をうずめていたのだった。

◆　◆　◆

ローザ＝キャンベルには生まれつき特殊な能力があった。神様のお告げが聞こえるのだ。幼い時から神の加護に恵まれて、治癒《ちゆ》魔法などが使える彼女にとって神様の存在は身近なものだった。

そして、最近、神様からの神託が下った。

「近いうちにこの街に危機が訪れ、何もしなければ住民は虐殺され、地獄と化すでしょう。しかし、それはこの国の破滅のはじまりにすぎません。それを救うことができるのは悪魔を倒すことのできる救世主だけなのです。その者の力になりなさい」

それを聞いたローザはすぐに兵士たちや国々を渡っている商人たちから情報収集を始めた。そして、隣国がこの国を狙っていることがわかったのだ。そして、悟った。

神が言っていた危機とはこのことなのだと……。

だけど、彼女の『神託』の能力は人に信じてもらいづらい。かつても神託が下り他人に救いを求めたがろくに取り合ってもらえなかったのだ。

だから、行動するなら自分で頑張るしかないのだ。

「救世主とは誰なのでしょう？」

彼女は自問した。頭に浮かんだのは故郷で自分を姉のように慕ってくれていた少年だった。彼には素人《しろうと》のローザにもわかるほどの剣の才能があった。だが、彼は今は近くにいない。この街を救うというのならば近くにいなければ間に合わないだろう。

そんなことを考えている彼女にシュバルツから命令が下った。

「自分の領地の戦力と、周辺地域の動向を探った資料をくれ」

ローザに命じたのはたまたま目があったからだっただろう。だけど、彼もまたこの国の危機に気づいているのだろうか？　そう思うと、もしかして、救世主はシュバルツなのかもしれないという考えがよぎった。

そして、ローザは彼が悪魔を倒すと言った時に、もしやと期待し、ついていくことにしたのだ。その結果彼は初代領主様に認められた者しか入れない宝物庫に入る方法を知っており、見事中にいた悪魔を倒してくれた。

そうして、理解したのだ。この人が……シュバルツが神の言っていた救世主なのだと。

◆　◆　◆

ここは兵士たちの訓練場である。士気が低いのか、やる気のなさそうな兵士たちを集めて、声をはりあげる。

「皆に報告がある!!」

その反応は……「また、あの領主が余計なことをするのか」みたいな反応である。

まあ、これまでの行動からいって仕方ないよな……。

だからこそ、隠し玉があるのだ。俺はにやりと笑って、ローザに合図をすると彼女が棺桶《かんおけ》の扉を開く。

「な……あれは……」

「まさか……」

「はい、これがこの街の住人を襲っていた魔物の正体です。この悪魔が初代領主様の宝物庫に潜んでいたところをシュバルツ様と私で倒しました」

ざわざわと兵士たちが騒ぎ出す。その反応は様々《さまざま》だ。「本当に悪魔がいたのか……」「でも、シュバルツ様が倒したって……まじかよ?」「でも、ローザ殿が言っているんだぜ」「あの人が嘘をつくのか……?」俺とは違いローザの評判はいいようで、みんな信じるか迷っているようだ。まあ、実際の悪魔は宝物庫に潜んでいたのではなく、腕輪を守っていたんだけどな。

そんな困惑を壊したのは二人の兵士たちだった。

「俺は信じてもいいと思います。俺は二人が魔物を倒しに行くって言っていたのを確かに見たんだ」

「確かにあの時の領主様は普段と違い、どこか覇気《はき》があった気がするぜ」

俺とローザと会話をした二人の兵士が調子のいいことを言う。お前ら無茶苦茶俺を疑ってたじゃねーかよと思うが、彼らの言葉で場の雰囲気《ふんいき》が一気に変わった。流れを変えるならば今がチャンスだ。

「皆の者、これまでのことを許してくれとは言わない。だけど、俺はローザの治療により呪いを克服《こくふく》し、誠心誠意の説得のおかげで目が覚めたんだ‼」

「シュバルツ様⁉」

困惑しながら抗議する彼女の視線を無視して話を続ける。心を入れ替えたのは事実だが、「異世界転生してんです」とは言えないのでローザのおかげでまともになったということにさせてもらう。

文句はあとでたっぷりと聞くとして、この盛り上がりを利用させてもらおう。

「皆の者、ローザと共に調べた結果、この街は隣国によって脅かされていることがわかった。諸君の力を貸してほしい。そして、この街を守ろうではないか!!」

「「おーーー!!」」

兵士たちが大声で返す。これで士気は上がった。だけど、原作だと敵の戦力は倍だったはず。今の戦力だけでは苦戦はまぬがれないだろう。もう一つ。相手を倒すための何かが必要となるだろう。

そして、俺はその何かにあたる人物がこの街にいるのを知っている。彼女を説得できるかで戦争の結果は変わるだろう。

二章　生き残るために原作キャラをスカウトすることにした

「それでは、ここから敵が襲撃をしてきた場合を仮定して訓練を続けておいてくれ。あと、歩兵たちはこの場所に穴を掘っておいてくれ‼」

「はい、わかりました‼」

兵士たちに檄を飛ばし一日が経った。早朝から兵士たちの訓練に付き合った俺は、最後に明日敵が攻めてくるであろう作戦への対抗策を兵士たちに教える。この作戦通りうまくいけば戦況は有利に進むはずだ。

それよりもだ……俺はぜーぜーと荒い息を吐く。

「思ったよりもしんどいな……」

この太った体をなんとかしようと兵士たちの訓練に少しつき合わせてもらったのだがマジでやばい。体力は無いし、歩くたびに贅肉がブルンブルンと震えやがる。

自室で休み、憎々しそうにわき腹の肉をつまんでいると机の上に果実水の入ったコップが置かれた。

「お疲れ様です。シュバルツ様、頑張ってらっしゃいますね」

「ああ、ローザか……これまでさぼってきたからな。少しでも戦えるようにしておかないとな」

「本当に見違えましたね。素敵です」

俺を見て微笑む彼女の表情はどこか柔らかい。なんか宝物庫の一件から彼女が優しくなってきたのは気のせいだろうか。

「ああ、そうだ。ローザは今日は自由にしていていいぞ。明日は忙しくなりそうだしな。ゆっくり休むといい」

「シュバルツ様はどうされるのですか？　このまま訓練を見ていますか？」

「いや、街の方に行ってくる。ちょっと人に会いにな」

そう、俺はこれからとある人物のスカウトに行くのだ。本来ならば主人公の仲間になるサブヒロインで、強力な魔力を持つ少女をな。

彼女の魔力と俺の魔眼が合わされば怖いものはなくなるだろう。今回の戦いだって勝てるはずだ。

「わかりました。それでシュバルツ様の探し人というのは女性でしょうか？」

「ん？　ああ、そうだ。だけど、別に娼館とかに行くわけじゃないからな。強力な能力を持つ人間をスカウトしに行くんだ」

「なるほど……わかりました」

ロ一ザの表情が少しぴくりと動いたのは気のせいだろうか？　まあ、色々あるのだろうと深く考えずに、彼女からもらった果実水を飲み干して、街へ繰り出す。

◆　◆　◆

「ワンワン!!」

「わかった。わかったよ、アモン。置いていかないから安心しろって」

結局、悪魔犬のアモンまでついてきてしまったが、問題はないだろう。こいつ自体は魔力の塊だが、ぱっと見は可愛らしい犬だからな。ひょっとしたら、これから会う相手の警戒心を解くのに役立つかもしれない。

ちなみに名前は宝物庫であった悪魔と同じ名前にした。関係性はよくわからないが、あいつの死体から出てきたのだ無関係ではないだろう。

アモンと共に歩いていると、門のところでプリーストの服を身にまとった人影が目に入った。

「お待ちしていました。シュバルツ様」

「え、ローザも来るのか？　今日は休んでくれていいんだぞ」

「大丈夫です。それに、誰かを仲間にと誘うにしても、私がいたほうが役に立つと思いますよ。その……シュバルツ様の評判は……」

言いよどむローザを見て、俺は確かにな……と溜息をつく。ましてや、相手は女性だ。冷静に考えたら俺だけで行けば変な誤解をされるかもしれない。

最悪、愛人を探しに来たとか思われかねない……。

「確かにそうだな……ありがとう。ローザ」

「いえ、シュバルツ様のお役に立てて光栄です」

「くーん」

お礼を言うと満面の笑みでローザが頷いた。アモンが何かを言いたそうに、にやけた顔で鳴いているがどうしたのだろうな。

「シュバルツ様が誘おうとしているのはどんな方なのでしょうか？」

「ああ、グリュン＝ヒルデっていう魔法使いの冒険者だ。かなりの魔力を持っていてな。将来優秀な魔法使いになると目を付けていたんだよ」

「流石はシュバルツ様、普段から女性に声をかけに街に出ていただけではないのですね」

「あははは、当たり前じゃないか」

　感心した様子のローザに少し胸が痛くなる。もちろん、嘘である。シュバルツはマジで目ぼしい女を探すのと、いちゃもんつけて領民から金をせびろうとしていただけだ。だが、それを言ったら少し好意的になった彼女の反応も変わってしまいそうなので誤魔化しておく。

「しかし、冒険者ですか……」

「まあ、ローザが不安がるのも無理はないよな。冒険者っていうのは何でも屋だが、金のためならば何でもやるやつが多いし、身元もわからないやつもいる」

◆
◆
◆

そう、小説によって冒険者の扱いは様々《さまざま》だが、この世界の冒険者の中には素行《そこう》の悪い者も多い。そして、この街の冒険者は領主である俺とは仲が悪い。いや、これに関しては完全にシュバルツが悪いんだけどな……。

だからこそ、今回の戦争でも彼らの力を借りるのは諦めているのだ。俺が今回説得する冒険者は彼女だけである。

「まあ、今から会いに行くグリュンは大丈夫だよ。彼女が育った孤児院がこの街にあってな。そこの子供たちのために彼女はここで冒険者をやっているんだ」

そう、小説本編ではグリュンが主人公に故郷の孤児院が心配だと訴えたことと、ローザがここにいるのが理由でシュバルツの元へと向かい戦うのだ。

隣国に攻められて、故郷を捨てざるをえなかったグリュンだが、占領される前ならばここで生活をしているはずだ。そして、彼女はまだ自分の膨大《ぼうだい》な魔力を制御できないが、俺の眼があればその心配はない。これなら帝国にだって勝てるぜ。

「ふっ、完璧すぎて自分が憎いな」

「まだ何も進んでいないと思うのですが……」

どうやら独り言が漏れていたようだ。冷静につっこまれてちょっと恥ずかしくなった俺は孤児院の庭で遊んでいる少年に誤魔化すように声をかける。

「おーい、少年。ちょっといいか？」

「あれ、おにーちゃんたち立派な服を着ているけど貴族様？　うちに何か用なの？」

「ああ、人を探しているんだよ。グリュンっていう子はいるか？」

「うん、いるよー、グリュン姉ちゃんに何か用？　危険なことを頼みに来たんじゃないよね？」

「キャンキャン」

少年がちょっと警戒した様子を見せた時にアモンが彼の足元にじゃれつく。おお、ナイスだぞ、アモン。

少年は俺達よりもアモンに興味が移ったらしく、満面の笑みで撫で始める。

「こいつ可愛いなぁ」

「はは、しかも賢いんだぜ。ほら、お手」

俺が手を差し出すが、興味なさそうにそっぽを向く。頭がよさそうだから試してみたがやはりむずかしかっただろうか？　いや、待てよ……。

「後で魔力をやるぞ」

「キャンキャン!!」

露骨《ろこつ》にやる気を出して俺の手に自分の手を重ねてきやがった。もしかして、こいつ俺の言葉わかってるのか？

「すごいね、僕もできるかなー」

「おお、噛まないから試してみな」

「うふふ、なんだか微笑ましいですね」

アモンと戯《たわむ》れる子供を見て、ローザが嬉しそうに笑った。確かにちょっと癒《いや》されるな。そんなことを思っていると孤児院の扉が開いて、一人の少女が顔を出す。

炎のように赤い髪の毛のつり目の少女だ。顔立ちは彫刻のように整っており、すれ違った男の大半は振り向くであろう美少女である。

「あなたたちは貴族よね？　一体なんの用なのかしら？」

彼女は警戒心たっぷりに鋭い視線で俺を睨《にら》みつけてくる。

「俺は領主のシュバルツだ。お前に用があって来た。そして、彼女は……ローザ、どうした？」

「いえ……なんでもありません……」

ローザがグリュンを見て、信じられないものでも見つけたかのような表情をしていたのだ。一体どうしたというのだろう？　原作でもこの二人には現時点での接点はないはずなのだが……。

「まあ、いいわ。話があるなら中にはいりなさいな」

ローザの態度は気になるがせっかく招待されたのだ。彼女の気が変わらないうちに中にお邪魔することにした。


グリュンに連れられて俺達は質素なテーブル越しに顔を向かい合わせていた。室内はきっちりと掃除《そうじ》こそされているが、所々ボロボロで、穴が空いている場所には板が乱暴に釘でうちつけられていたりと、裕福ではないことがわかる。

自己紹介をすると、グリュンはじろりと俺を睨みつける。

「ふぅん、あなたがシュバルツなのね……噂通りの外見《がいけん》ね」

「ほう、俺を知っているとはな。予想以上に有名なようだ」

「当たり前じゃないの!!　女と見れば、誰彼構わず屋敷に連れ込んで、私たちには重税を課す……あんたが税金を上げているから私たちは苦労しているのよ!!」

どんな噂だろうと興味本位で聞くと、むっちゃ睨まれた。やっべえ、予想以上に嫌われているな……これって本当に仲間にできるのか？

金で雇おうとしたのに、好感度がマイナスすぎる……どうしようと思ったらローザが諭《さと》すように微笑みながら口を挟む。

「お待ちください、グリュンさん。シュバルツ様は心を入れ替えたのです。話だけでも聞いてはいただけませんか？」

「信じられるはずないでしょう。この男は冒険者仲間に偽の依頼をして、無理やり手籠《てご》めにしようとしたこともあるのよ!!　どうせ、私のことも依頼と言って騙《だま》しておびき出してエッチなことをするつもりでしょう!?」

そんなことまでしてたのかよ……。

シュバルツの悪行に思わず頭を抱えたくなる。いや、確かに小説では女癖が悪いとは書いたが、ここまでひどいとは……。

だが、俺としてはなんとか彼女の力を借りなければいけないのだ。

「その件に関しては謝ろう。俺が心を入れ替えたというのも信じてもらうのは難しいかもしれない。だが、今回だけは力を貸してくれ。証文もかわして金も相場よりも高く払う。だから頼む」

「シュバルツ様……」

「なっ……」

グリュンに対して頭を下げると二人が驚愕《きょうがく》の目で俺を見つめる。基本的に貴族が平民に頭を下げるということは滅多《めった》にない。特にシュバルツは今までこんなことはしていなかったはずだ。これで少しは、効果があるといいのだが……。

だけど、返事がない。

「グリュンさん……私からもお願いします。シュバルツ様にお力を貸してはいただけないでしょうか？　確かにかつての彼には問題があったことは否定しません。ですが、今のシュバルツ様はこの街を守るために色々と努力をしているのです」

「ふーん……確かローザさんだっけ……名前は聞いたことはあるわ。この男に無理やり連れてこられて、プリーストなのに無理やりメイドの真似事をさせられてるって噂を聞いていたけど……」

ローザの助け舟に驚いて顔を上げると、グリュンが険しい顔でローザを見つめている。

「そんなあなたもシュバルツの味方をするなんてね……もしかして、この男にお金をもらってでもいるのかしら？」

「違います、私は……」

「グリュン!!」

ローザを侮辱《ぶじょく》するような言葉に俺は思わず口をはさんだ。だって、そうだろ。彼女は俺のことをフォローしてくれただけだ。それなのに貶《けな》されていいはずがない。

「俺のことはなんて言ってもいい。だけど、ローザは違うだろ‼　俺の悪い噂はたくさんあるだろうけど、彼女は違うはずだ‼」

「な……」

思わず怒鳴った俺にグリュンが驚きの声を上げる。どうやら反論されることを考えていなかったみたいだ。

固まっている彼女を一睨みして、俺はローザの手を握って立ち上がる。

「ローザ、行こう。どのみちなんの根拠もなく他人を馬鹿にするような奴に命は預けられない。他の作戦を考えるぞ」

「シュバルツ様……ですが……」

まだ、何か言っている彼女の手を引いて、俺は孤児院を後にした。


孤児院を後にした俺は大きく溜息をつく。つい、熱くなってやらかしてしまった。そういや、アモンがいないなって思って庭を見るが、少年も同様に姿が見えない。

散歩にでも行ったのだろうか？

「シュバルツ様……なんで、こんなことをしたんですか。あのままグリュンさんが気のすむまで文句を聞いていれば、話を聞いてくれたかもしれないんですよ」

「ああ、そうだな……でも、許せなかったんだよ。ローザはさ、ここの住人のために頑張ってくれた上に、こんな俺を最初に信じてくれた人なのに……それを金で動くような人間だって言われたのがさ……」

彼女が俺を信用してくれたのは神託がきっかけだろう。だけど、嬉しかったのだ。自分の書いた小説の世界に転生して、周りは知らない人ばかりで……そんな中、俺の荒唐無稽《こうとうむけい》な話を信じて宝物庫についてきて、命をかけて守ってくれた。

いや、それだけじゃない。前世でもそうだ。先輩が仕事のミスをこっちに押し付けてきた時、俺のミスじゃないと言っても誰も信じてくれなかった。

だからこそ、彼女が俺のせいで理不尽《りふじん》な文句を言われているのがどうしても許せなかったのだ。

「シュバルツ様……」

ローザが何かを言いたげに俺の手をぎゅーっと握りしめる。柔らかい感触と人肌がなんとも気持ちいい……ってつい、手を握りっぱなしだった。

「ああ、すまない。すぐ離すよ」

「いえ、このままで構いません。それよりもこれからどうしますか？」

「うーん、そうだなぁ……」

　難易度は高くなるがどうしようもないというわけではない。腕輪を手に入れたおかげで俺の魔眼は強力になった。それを使えば、戦況を逆転させることも無理ではないはずだ。

　だけど、魔眼を使うということはその代償《だいしょう》もあるわけで……なぜか俺の手を放さないローザを見て罪悪感に襲われる。

「シュバルツ様……私は構いませんよ」

「ありがとう、ローザ」

　俺の意図《いと》を察したのか少し上気した顔でこちらで見つめる彼女。その可愛らしい顔立ちと、ローブを盛り上げている胸元を見て思わず生唾を飲んでしまう。

　いやいや、彼女はあくまで俺の代償のために力を貸してくれているんだ。変な目で見るな。と自分に言い聞かせている時だった。

「二人とも待って‼」

　息を切らして、やってきたのはグリュンだ。一体なんの用だろうか。まさか、さらに追い打ちをかけにきたのか？

　彼女は俺達の前で呼吸を整えて、目を逸らしながら言う。

「その……さっきはごめんなさい。あなたの噂は聞いていたから、てっきり孤児を買いに来たりとか、変なことをたくらんでるんじゃないかって警戒していたのよ……ローザさんのことを悪く言ったのは謝るわ。私はあなたを勘違いしていたみたいね……少なくとも他人のために怒るあなたは自分の肉欲のためだけに生きている人間には見えなかったわ。他人の噂なんて当てにならないなんて私が一番よく知っているのにね……」

　グリュンは申し訳なさそうに頭を下げる。普段素行の悪い不良が雨に濡れている子犬を助けたら評価が上がるのと同じだろうか、何はともあれ、俺がローザのために怒ったのが予想外だったようだ。

　シュバルツがクソみたいなやつではじめて役にたったぜ‼　いや、そもそも、あいつのせいで話を聞いてもらうのに苦労しているんだよな……やっぱシュバルツはクソだわ。

「グリュンさん気にしないでください。孤児院の子たちを守るのに必死だったんですよね。私もそういう気持ちはわかりますから」

「そう……ありがとう。そう言ってくれると嬉しいわ」

ローザが微笑むとグリュンがほっと安堵の吐息《といき》を漏らす。二人のわだかまりがなくなった所で、ここに来た本題に入るとしよう。

「じゃあ、グリュン、話を聞いてくれるか？　明日、この街で戦争がおきる。その時にお前の魔法使いとしての力を借りたいんだ」

「ええ……と言っても私にできることなんて限られているわよ。大体なんで私に……」

「グリュン姉ちゃん大変だよー」

子供の泣き声交じりの声が聞こえたと思うと、少女がこちらに向かって走ってくるのが見える。なんだろう、事件の香りがするな……ローザと目をあわせた俺はうなずいて一歩下がる。今はこの子の話を優先した方がいいだろう。

「リッドが犬と一緒にさらわれたんだ」

「は？」

予想外の言葉に思わず間の抜けた声をあげてしまった。

◆　◆　◆

俺達は一旦孤児院に戻って少女に詳しい状況を聞く。最初は支離滅裂だった少女の言葉も、意外にも面倒見がいいグリュンがゆっくりと聞いてくれたおかげで事情がわかってきた。

簡単にまとめるとこうだ。アモンと散歩に出かけた少年が中々帰ってこなかったので心配をして見に行ったらちょうど孤児院の近くで男にさらわれていくところを目撃したらしい。

「人さらいだなんて……絶対許せない」

グリュンが悔しそうに唇を噛むのを横目に、俺は犯人が落とした証拠品とやらを手に取る。十字架に竜が絡まっている。どこか厨二っぽい徽章《バッチ》である。

「これが現場に落ちてた落とし物か……」

「この紋章は……あまり見たことの無いものですね」

「だろうな。これはうちの国のものでは無い。隣の国の徽章だ。散歩している最中にスパイ活動しているやつをたまたま見つけてしまったのかもしれないな」

「他国の人間……なんでこんなところに……」

国境沿いの街なので、多少は警備もしっかりしているが今は戦争中ではない。帝国が本気を出せば身分も偽造《ぎぞう》はできるだろうし、密偵がいてもおかしくはないだろう。

そして、わざわざ密偵がここにいた理由は一つだろう。

「すまない、やつらは領主である俺の監視をしていたんだろう。迷惑をかけてしまったな……」

「何を言っているのよ。悪いのはあんたじゃなくて、リッドをさらったやつらよ。生まれてきたことを後悔させてやるわ」

そう言うとグリュンは息を荒くし、席を立ちあがって杖を手に取った。なんかムチャクチャ嫌な予感がするんだけど……。

「おい、どこに行くんだ？　犯人の目星はついているのか？」

「そいつらは他国の人間なんでしょう？　だったら多分スラム街とか、あまり目立たない所にいるはずよ。しらみつぶしに探せばいつか見つかるでしょ」

「グリュンさん、流石にそれは無謀《むぼう》です。この街がどれだけ広いと思っているんですか？」

「わかっているわよ!!　でも、こうして喋っている間にもリッドが暴力を振るわれているかもしれないのよ!!　あの子は最近やっと心を開くようになってくれたのに……」

ローザの言葉にグリュンが悲鳴にも近い声をあげる。彼女もわかっているだろう、そんなことをしても徒労に終わるであろうということは……だけど、何かをせずにはいられないのだ。

そんな彼女を見ていると俺もなんとかしてあげたくなる。どこかに他国の人間が潜むような場所はなかったか？　思い出せ……俺は原作者だろう!!　かつて小説を書いていた時のことを必死に思い出す。

この街でおきたイベントは何があった？　確かシュバルツが隣国の傀儡《かいらい》になったあとに、金を儲けて成り上がった商人がいたはずだ。そいつは昔から帝国に情報を売って金を稼いでいたのだ。そして、そいつの店には隠し通路もあり、主人公が攻めてきて、シュバルツが不利になった時にそこから帝国へと逃げようとしていた。

もしも、隣国の密偵をかくまっているならそこの可能性が高い。

「もしかしたらわかったかもしれない」

「流石はシュバルツ様です。やはり街に定期的に出ていたのも女遊びをしていただけではないんですね」

「本当なの、嘘じゃないわよね⁉」

「ああ、腐っても俺はこの街の領主だぜ。ここのことなら詳しいんだよ」

俺は余裕のあるような笑みを浮かべて答える。グリュンが安堵の吐息を漏らすと同時に気が抜けたのか少し涙ぐむ。彼女にとってここの子たちは家族同然なのだろう。

「ねえ、信じてもいいのよね……？」

「ああ。もちろんだ……と言いたいが、俺を信用する根拠がないよな……だったら、グリュンはグリュンで行動をしていてくれて構わないぞ。ちゃんと助けるから安心してくれ」

俺の言葉にしばらく迷っていた様子のグリュンだったが、大きく深呼吸をすると意を決したように口を開く。

「いいえ、あなたを信じるわ。それと、もしもリッドを助けれたら、私のできる限りことはなんでもするわ」

なんでもっていうとなんでもですかね？　とお約束を聞きたくなったが、全てがダメになりそうなのでやめる。

そうして、俺は彼女たちと目的の場所へと向かうことにした。

◆　◆　◆

「ねえ、シュバルツ……」

「シュバルツ様……私は信じてますよ」

目的の場所に来た俺達だったが、二人の視線が無茶苦茶痛い。

「いや、本当にここなんだって、信じてくれ」

「今日もいい子がそろってるよー、エルフやドワーフだっているよ。ここの領主シュバルツ様も愛用しているんだ。女の子の質は保証するよー!!」

「「……」」

呼び込みの声で、さらに視線がとげとげしくなったぁぁぁぁ!!　そう、ここは娼館である。しかも、シュバルツが愛用していた場所でもある。そりゃあ、情報が筒抜けだよ。だって、こいつ女の子に色々としゃべりまくりそうだもん。敵国も有利になるはずだわ。

「おや、シュバルツ様。今日はどんな女性を……おっと、本日は女性をつれてらっしゃるのですね」

「ああ、最近は屋敷に連れ込むとうるさいんでな」

「なるほど……流石はシュバルツ様が連れている女性のレベルが高いですなぁ。しかもコスプレとは……プリーストがお好きですもんね。ＶＩＰルームをお使いになりますか？」

シュバルツの知識を参考に慣れたように受付の男と会話を交わす。男が厭《いや》らしい目つきで二人を見つめたので、体を割り込ませて遮る。

「おお、ありがとう。気が利くな。これはほんの気持ちだ。受け取っておいてくれ。その代わり……部屋には絶対に誰もいれるなよ」

「はい、いつもありがとうございます!!」

心づけを渡すと、受付の男は元気よく案内をしてくれた。娼館内は中々繁盛《はんじょう》しているようで、人の出入りも多そうだ。

これならば、見知らぬ人間が入ってもばれないし、特に怪しまれないだろう。それこそ他国の人間がいてもな。

「こちらになります。それではゆっくり楽しんできてくださいね」

厭らしい顔をした男が案内した部屋は、一面ピンク色の壁紙に、立派な木の机があり、その存在を主張するかのような巨大な天幕の張られたベッドが特徴的である。まあ、ラブホみたいな感じである。

「私の魔法使いの恰好はコスプレじゃないんだけど……」

「ふーん、シュバルツ様はプリーストの服がお好きなんですね。それに……本当に手馴れた様子ですね、流石です」

グリュンが殺気に満ちた目で、男の出て行った扉を睨み、ローザがどこか拗《す》ねた様子で俺を睨む。二人ともこわいよぉぉぉぉ。

もちろん、前世で童貞だった俺はこういう店に詳しくはない。シュバルツの記憶である。女好きのあいつの知識も役に立つものだ。

「それで……ここに連れ込んで何をするつもりなのかしら？　エッチなことをしようとしたら……わかってるわよね？」

「もちろんだっての。だから、その杖を置いてくれ」

一瞬上がった好感度もすぐに下がったのか、グリュンがジトーっとした目で見てきたので慌てて落ち着かせる。

「ですが、シュバルツ様、どうしてこのようなところに密偵がいると思ったのですか？」

「ここは娼館だからな……どんなことをする所かくらいお前らだってわかっているだろ？」

「それはその……」

「わかっているわよ。冒険者仲間でも行く人間はいるもの。というか、私たちが恥ずかしがっているのを見て楽しんでないわよね？」

顔を真っ赤にしてもごもごするローザとあっさりと言うグリュン。対照的な二人の反応にちょっとにやりとしながら話を続ける。

「そうだ。つまり、ここは不特定多数の人間が、身分を隠して出入りしてもおかしくはないってことだ。それが他国の密偵であってもな」

「なるほど……流石はシュバルツ様です。私は信じてましたよ」

「ふぅん、単なるデブじゃないというわけじゃないみたいね」

どうやら下がった好感度の復活には成功したようだ。そして、俺がこのＶＩＰルームを指定したのにも理由はある。ここは普段俺のような貴族や大事な取引先が使う場所なのだが、この部屋にはもう一つの役割がある。

俺は絨毯《じゅうたん》の一つを引っぺがすと、一か所だけ埃《ほこり》のついていない床がありそれを叩くと軽い音が返ってくる。

「あんた一体何を……まさかこれって……」

「そうだ。ここは防音設備もしっかりしているし奥にあるからな。秘密取引なんかにも使われるんだよ。それこそ他国のスパイが活動するのに使ったりな」

グリュンに話しながら床を外《はず》すと空洞が広がっており梯子《はしご》がある。どうやらビンゴのようだ。

「おそらく、この先に密偵たちがいるはずだ。戦いになるけど、大丈夫か？」

「あたりまえでしょう。リッドをさらったことを死ぬほど後悔させてあげるわ」

「もちろんです。シュバルツ様のことは私が守ります」

「よし、行くぞ。あれ？」

二人の言葉を確認して、俺が梯子を下りようとすると腹が詰まる。マジかよ……

「何をやっているのよ……」

「痛い、痛い、肉がぁ……」

強引にグリュンに押し付けられながら、なんとか穴を押し進む。くっそ、こいつ全力でやりやがったなと恨みを込めて見上げると、彼女のローブとその奥に白いレースの布が見えた気がする。

やばい、見ていたのがばれたら殺される。

俺は咄嗟《とっさ》に頭を下げて、急いで梯子を下る。

「シュバルツ、下はどうなっているの？」

「ああ、白い……じゃなかった。もう少しでつくぞ」

降り立つとかび臭い匂いの中通路が広がっており、どこか不気味である。俺が緊張のあまり唾を飲み込むと暖かい光が包む。

「これは……？」

「神聖魔法です。一時的ですがステータスが上がりますよ。何がおきるかわかりませんからね」

「ありがとう、ローザ」

少し体を動かすとこのぽっちゃりとした体でも軽くなっているのがわかる。やっぱり魔法ってすごいな。

「やはりプリーストがいると違うわね。じゃあ、行きましょう。ここから先は私が行くわ。冒険者としての腕前を見せてあげる」

グリュンが得意げに先頭をしばらく歩く。すると、奥の方から誰かの泣き声のようなものが聞こえてきた。

その様子に俺達は顔を見合わせ足音を消しながら駆け出した。そして、扉の隙間から様子をうかがうと、見覚えのある少年が縄に縛られており、膝の上にはアモンが横たわっている。そして、その横に一人の平民が着るような目立たない服装を身にまとった女性が立っている。あいつはまさか……。

「リッド!! あんた、絶対許さないわ。氷よ、我が敵を束縛せよ!!」

「グリュンさん⁉」

「いや、大丈夫だ。それよりローザは俺から離れないでくれ」

激高したのか、強引に扉を開けて飛び出したグリュンを止めようとしたローザの手をつないで止める。彼女にはまだそばにいてもらわなければいけないのだ。

「な、お前は一体……？」

いきなりの襲撃になすすべもなく、グリュンの杖から現れた氷の蔓《つる》によって拘束される女だったが、にやりと笑ったのに気づく。

ああ、そうだよな。お前の……いや、お前らの攻撃は知っているからな!!

「因果を見極め、我がものとせよ!!」

「な……これは……」

「お前らは帝国の密偵だろう？ そして、お前らは常に二人組で行動してるよなぁ。だから、すぐそばに潜んでいると思ったよ」

その言葉と共に俺の眼が輝き部屋に存在する魔力を支配し、無効化すると、それまで姿が見えなかった一人の男がその身を現す。

魔眼の代償で一瞬体が疼くがローザと手をつないでいたおかげですぐに収まった。感謝の気持ちをと思っているとなぜかそのぬくもりが消えた。

「姿がばれたからと言ってお前らなんぞに……ごはぁ」

「シュバルツ様に手を出させはしません」

武器を構えた男を相手にローザのメイスが腹に直撃して、うめき声と共に体をくの字にして倒れる。無茶苦茶鈍い音がしたけど生きてるよな……。

「リッド大丈夫⁉　怪我《けが》はない？」

「うえーん、怖かったよ。グリュン姉ちゃん」

縄を解かれてリッドがグリュンに抱き着くと、彼女は俺には見せない優しい目つきで頭を撫でている。

「くぅーん」

こんな表情もできるんだなと驚いているとアモンが何かを訴えるように鳴いた。

周囲を警戒して、魔眼を使うと魔力の高鳴りを感じた。グリュンの氷で束縛されていた女が、胸元に仕込んでいた球体状のボールのようなものを地面に落とすのが見えた。

「グリュン、気を付けろ‼」

「え？」

球体がぱかっとわれて、風の魔力があふれ出す。魔力を封じ込めている手榴弾《しゅりゅうだん》のような武器だ。咄嗟《とっさ》のことなのだろう。彼女はリッドを後ろに投げ飛ばすようにしてから、魔法から彼を守るようにして手を広げて遮るようにして立ちふさがる。

「させるかよ‼」

魔眼の連続使用ということもあり、いつもより負担が大きいが気にせずに魔力を支配して無効化する。自爆覚悟だったのだろう。かなり強力な魔法だったのか、俺の脳内にすさまじい飢えが襲ってくる。まずい……これは……ローザはどこだ……。

「シュバルツ助かったわ。その……ありがとう。おかげでリッドも無事だったし。お礼っていうわけじゃないけどあなたの依頼はもちろん受け……」

頭がぼんやりとしてくる。ああ、体が渇きを訴えてくる。そして、目の前の少女は風の魔法をわずかに受けてしまったのだろう、胸元のローブがひきさかれて白い下着がわずかに見えた。

ああ、あれにさわったら柔らかそうだ……この渇きもきっと満たされるだろう。

そう思ったら俺の手は止まらなかった。

「ちょっとあんた何を……あっ……♡」

「シュバルツ様、落ち着いてください!!」

彼女の小さいけど確かに柔らかい胸を揉みしだく。甘い声がなんとも耳によい。

そして、俺は彼女の真っ赤になっている顔を見て……正気に戻った。

「すまない、これはだな……」

「しねえええー!!」

バシィンという音と共にほほに激痛が走る。そして、グリュンが自分の胸元を押さえ、半分涙目で俺を睨んでいるのが見えた。ああ、途中までよかったのにやらかした……。

◆　◆　◆

「あー、どうすればいいんだ。俺は……」

あの後、俺は、密偵の二人を捕虜《ほりょ》として館に戻って頭を抱えていた。娼館では今頃騒ぎになっているかもしれないが、何事もなかったように出てきたのですぐには俺達がおこした騒動はばれないだろう。

どうせ、明日には戦争が始まるしそれどころではなくなるだろう。

「あとは……兵士たちがどう動くかで決まるな。一日の訓練とトラップでどこまでいけるか……」

「そうですね……グリュンさんを仲間にするのを失敗してしまいましたからね……」

「あの……それに関しては本当に悪かったって……怒らないでくれ」

「別に怒っていませんよ。それに、シュバルツ様の呪いのことは知っていますから」

あきらかに不機嫌そうな声でローザが答える。確かに勧誘を失敗したのは俺のせいだけどさぁ……呪いだけはどうしようもならないんだよな。

それとも彼女以外の女の子に触ったからセクハラをしたから嫉妬《しっと》しているのだろうか？　だったらちょっと嬉しいんだけどな。

なんてくだらないことを考えてしまう。俺はいつの間にか目の前の彼女に心惹《ひ》かれていたらしい。だからこそローザには生きていてほしい。

「ローザ、お前は俺に十分尽くしてくれた。もともとお前はここの住人ではないし、俺が無理やりつれてきたんだ。逃げても……」

「いやです‼」

かつてないほど強い言葉を放ちこちらを見つめるローザによって中断される。これまでにない彼女の様子に俺は驚きを隠せない。

「私は無理やりとはいえこの街で暮らして、愛着もわいています。街の人々を見捨てるなんてできません。それに……今のシュバルツ様のお力になりたいのです。ダメでしょうか？」

「ダメじゃないさ。でも……」

再度、俺の言葉は中断される。今度は強い言葉ではなく優しい抱擁《ほうよう》だ。彼女が俺に抱き着いてきたのだ。甘い香りと共に柔らかい感触、そして、ぬくもりに包まれる。

「大丈夫です。今のシュバルツ様ならば必ずや勝てます。私は……あなたこそが救世主だと思っています。いえ、違いますね……私の中ではあなたとしか考えられなくなっているのです」

「でも、俺は……今回グリュンを仲間にするのを失敗したんだぞ」

「そうですね、ですが、私のために怒ってくださり、密偵にさらわれた少年を救った優しいあなたこそが救世主にふさわしいと思っているんです」

　ぎゅーっと俺を抱きしめる力が強くなり、彼女はこちらをじっと見つめる。その瞳に映るのは強い信頼だ。

　なあ、俺よ。異世界で美少女に信頼してもらって、敵と戦う。これこそが求めていた生活じゃないのか？　なんで、お前はへたれてるんだよ。それに……何よりもローザの信頼に応えなきゃ男じゃねえだろ!!

「そうか……だったら、俺が救世主になってみせるよ。だから、近くで見守っていてくれないか？」

「はい、もちろんです!!　あとですね……その……シュバルツ様の呪いがまた発動しないようにしばらくこうしてもいいでしょうか？」

　彼女の強い信頼を感じた俺は抱きしめ返す。これから戦いだっていうのになんかエッチな気分になってくるな……。

　それを誤魔化すように俺は彼女の頭を撫でて……なんとなく形のいい耳を優しく撫でる。

「あっ♡　シュバルツ様……そのですね……私は耳が弱くてですね……」

　普段はそういうことに興味がなさそうな彼女が、恥ずかしそうに顔を赤らめるのを見ていると、つい、意地悪をしたくなってしまう。

もう一度さわさわと触れると、息を荒くして俺を睨んでくる。だけど、それは最初の時とは違い、どこか拗ねた様子だ。

「ごめんごめん、必死にこらえるローザが可愛くてつい……」

「シュバルツ様は意地悪ですね……謝るだけじゃ許してあげませんから」

「じゃあ、どうすれば……？」

俺の言葉に彼女はうるんだ瞳でこちらを見つめてきて徐々に唇が近づいてきて
……ノックの音がして俺達は慌てて離れる。

「シュバルツ様、捕虜《ほりょ》が目を覚ました。いかがしましょうか？」

不自然に距離をとっている俺達を不思議そうに見つめる兵士の気を逸らすようにして咳ばらいをする。

「ご苦労。俺が直接話をしよう。男の方の牢獄《ろうごく》へ案内してくれ。女の方は……そうだな……体が衰弱しているはずだから、ベッドに運んでやって、栄養のあるものを食べさせてやってくれ」

「そんな……よいのですか？」

「ああ、彼等《かれら》には使い道があるからな」

兵士にそう命じて俺は地下牢へと向かう。グリュンを仲間にするのは失敗したが、もう一つの作戦を思いついた。

ローザに救世主になるって約束したからな。

◆　◆　◆

薄暗い牢獄で、うなだれている男に俺は声をかける。

「気分はどうだ。セノ？」

「まさか、お前のような無能領主にやられるとは……それにどこで俺の名前を……まさか、全てお前の手のひらの上だったのか？」

驚愕の顔をして、こちらを見つめている密偵のセノに対して俺は意味深に笑う。

もちろん、こいつに関しても原作に登場していたから知っていただけであり、今回捕まえたのも偶然だ。

だが、せっかく俺を過大評価してくれているのならば利用させてもらおう。

「もう一人の女……アイリスも今は無事だ。安心しろ。それよりもお前に提案がある」

「なんだ……言ってみろ」

警戒心たっぷりのセノが一瞬女の名前を聞いて動揺したのを見逃さない。そして、そのまま話を続ける。

「お前が俺の言うことを聞けば二人とも解放してやるよ。だから大人《おとな》しく言うことを聞け」

「俺と取引をしようというのか？　そっちが約束を守る保証があるのか……？」

「保証はないな。だが、俺は明日お前ら帝国が攻めてくることも把握している。そして、俺達が勝てばお前たちは侵略者の仲間として処刑は免れないだろう。そして、負けたとしても、無様にも敵に捕まった密偵をたすけてくれるほど帝国は甘くはないと思うがな」

「くっ……それは……」

セノが悔しそうに歯を食いしばる。なんかマジで悪徳領主な気分になってきたな……だから、彼等にもちゃんとメリットを示してやることにする。

「今回の戦争で協力してくれたらお前らは解放するよ。ちゃんと、アイリスの薬も渡してやる。お前にとっては高額かもしれないが貴族である俺なら手にいれることは容易《たやす》いんだ。彼女のためにお前は好きでもない帝国のために働いているのだろう？」

「そこまで知っているのか!!　お前は一体……いや、そんなことはいい。彼女を救う薬をくれるっていうのは本当だろうな？」

「ああ……だから、今から言うことを敵の指揮官に伝えてくれ。それだけでいい。それが終わったら、本陣からはなるべく離れていろ」

セノにたったひとつの偽りの情報を与えて解放してやる。完全には信頼したわけではないだろうが、あいつにとって俺はなんでも知っている不気味な男だろう。わざわざ敵に回す気は起きなくなったはずだ。

俺が牢獄から出ると心配そうな顔でメイスを持っていたローザに出くわした。何かあったら助けるつもりだったのかな。嬉しいな。

「シュバルツ様あの男は信用できるのでしょうか？　このまま逃げるのではないでしょうか……？」

「それはないな。あいつらはお互いを想《おも》い合っているんだよ。それこそ、お互いの命をかけても惜しくないくらいにな。まるで俺とローザみたいにな」

「もう、何を言っているんですか」

ローザがまんざらでもなさそうに苦笑する。

あの二人の密偵は原作小説にも登場するキャラクターであり、セノはアイリスの病をなおすために密偵になり、セノを心配したアイリスもまた後を追って密偵になったのだ。原作では、アイリスはかなり病が進行していたが、今ならばまだ治療も間に合うだろう。

彼らはリッドを捕らえたが傷をつけなかったことからわかるように、それなりに信用できる相手だ。原作ではアイリスの治療薬を渡すとだまして利用していた帝国に復讐するために主人公の仲間になるのである。今回の戦争が終わった後で、俺達の仲間になってくれれば必ずや役に立つはずである。

「いよいよ、明日ですね。絶対に勝ちましょう」

「ああ、あの嘘がちゃんと上層部に伝われば必ずや、戦況は有利に動くはずだ」

そうして、俺達は戦いに向けて最後の準備を始める。

◆　◆　◆

「シュバルツの馬鹿……」

孤児院に戻ったグリュンは今日の出来事を思い出して、もやもやとしたものをぶつけるようにシュバルツへの文句を言う。

もともと彼女は貴族というものが好きではなかった。自分のような孤児院出身が生きようとするだけでも、苦労をしているのに、彼らはただ貴族というだけで贅沢《ぜいたく》三昧《ざんまい》をしているし、私たちを人間として見ていないのもわかっていたからだ。特に冒険者になってそれを実感していた。彼らは私たちに護衛《ごえい》を頼んだりすることもあるが、それは危険度が高い時だったり、違法なものも多い。その上こちらが死んでもまるで、野良犬の死体のような汚いものとみてくるやつもいた。

「だから、あいつが来た時もどうせろくな用ではないと思ったのよね……」

噂だけならばシュバルツの名前を聞いて、いいイメージを抱けというのが無理なくらいだった。だから、あいつが来たのも孤児を買いたいとか、自分を愛人にしたいとかそんなことだろうと思っていたのだ。

まさか、彼が私の魔法使いとしての力を借りたいと言ってきた時は信じられなかった。どうせ、そんなことを言って屋敷に連れ込んだ後はエッチなことでもするのだろう。そう思ってしまい、連れのローザにも失礼なことを言ってしまい後悔もした。

「だけど、そんな私を怒ったのよね……」

あの時の彼は演技ではなかったと思う。その姿は噂で聞く彼の姿とはあまりにもかけ離れていて……冒険者になっても、身寄りのない孤児だから、すぐに逃げたり裏切るという噂のせいで信用されなかった私と重なって、謝りたくなり彼を追いかけたのだった。

そんな失礼なことを言った私を彼は許してくれた上にリッドを助けるのまで手伝ってくれて……だから、私は彼を信じようと思ったのに……。

「あんなことをしてきて……」

彼に揉まれた胸を再び隠すようにして、腕で覆う。だけど、あの時のことを思うと怒りのせいか、不思議と体が熱くなるのだ。

「グリュン姉ちゃん。さっきから怖いよ。また、シュバルツ様のことを考えているんでしょ？」

「何を言っているのよ。私があんなエロ豚のことを考えているはずがないでしょう」

イライラが伝わったのか、リッドが恐る恐るといった感じで話しかけてくるのでぴしゃりと言い返す。今はシュバルツの名前なんか聞きたくなかった。

だけど、彼にしては珍しく、黙らない。

「あの人たちは俺を助けるために、命が危ないかもしれないのにつきあってくれたんでしょ。きっとグリュン姉ちゃんに変なことをしたのだって何か理由があるんだよ」

「あー、もううるさいわね。それがわからないから悩んでるんでしょうが!!」

「ちょっとグリュン姉ちゃん。どこに行くのさ」

自分のもやもやを的確に指摘されたグリュンは、八つ当たり気味に孤児院を後にする。そう、私だってわかっているのだ。あの時のシュバルツの様子がおかしかったことなんて……。

何か事情があるのならば言ってくれれば、私だって話を聞くのに……。

そんなことを思いながら、目的地もなく、街を歩いている時だった。やたらと兵士たちを見る上に、街が騒がしいのに気づく。隣国の動きが怪しいといううわさもある。そういえば、シュバルツが戦争がおきるとか言っていたような気がする。

あれは本当のことだったのだろうか？

「いやー、それにしても領主様はいきなりやる気を出したよなぁ……今日の訓練はやばかったな……」

「ああ、でも、この街を襲っていた悪魔も倒してくれたしすごいよな……サキュバスの呪いもようやく克服したらしいじゃないか」

兵士たちがそんなことを話しているのを聞いて、グリュンは足を止める。

「ちょっと待ってください、領主様がサキュバスの呪いに侵されているっていうのは女の子を連れ込むための言い訳ではなかったのですか？」

「ん？　ああ、まあ、あの人は確かに女癖が悪かったからな。でも、シュバルツ様の魔眼を警戒した隣国がサキュバスに襲わせて呪ったのは事実だよ。まあ、今はローザ様のおかげで克服したらしくすっかりまともになったんだ」

私は兵士にお礼を言って駆け出した。あの時の苦しい顔はサキュバスの呪いに耐えていたのではなかったのか？　なぜ、彼が呪いは治ったと嘘をついているかはわからないが、それならばちぐはぐな行動にも説明がつく。

そして……胸を揉んだ後の彼の申し訳なさそうな顔が思い出された。

私は話も聞かずになんてひどいことをしてしまったのだろう。今できることはなんだろうか？　彼に会いに行く？　それもあるだろう。だけど、戦争になるのならばもっと私にできることもあるはずだ。グリュンは自分にそう言い聞かせ、そのままの足で冒険者ギルドへと向かった。

三章　決戦!!　シュバルツの策と帝国軍

「ついにか……」

いよいよ、戦争が始まるのだ。兵士たちの士気はぼちぼちといったところか……。

俺が悪魔を倒したこともあるが、ローザがいるのが大きいのだろう。

俺のようなクズ領主が好き勝手やっていた時でも、人々のために活動していた彼女の存在は本当に大きい。

「グリュンさんは来ませんでしたね……」

「ああ、仕方ないさ。それでも、俺とローザがいるんだ。勝てるさ」

「はい!!　私もシュバルツ様が一緒なら大丈夫だと思います」

「ワンワン!!」

俺の言葉にローザがうなずき、アモンも吠える。だが、この言葉は半分嘘だ。実際は五分五分である。やはり、兵力の差は大きい。幸いにも士気が原作よりも高いのと、俺が相手の戦略を知っているというアドバンテージがあって互角だ。

「シュバルツ様、敵が正門に姿を現したようです!! その数は我が軍の二倍です!!」

「ついに始まるな。気を引きしめろよ」

俺は伝令を激励《げきれい》しつつようやく始まったと気合をいれる。この街は山脈に囲まれていることもあり天然の要塞《ようさい》となっており、敵軍が攻めることできる道は正門と、普段は商人たちが使っている地元の人間しか知らない横道の二つしかない。

これだけの数で攻めてきたということは、これまでの小競《こぜ》り合いとは違い敵国も本気だという証拠だ。そんな状況だが、不思議と兵士はおちついている。もちろん、それには理由がある。

「シュバルツ様の読み通りでしたね。相手は遠くで陣形を整えていますが、申し訳程度に矢や魔法を打ってくるだけで本気で攻めてこようとはしてきません」

伝令はそんな帝国軍たちを見て、にやりと笑った。

「では、我々は打ち合わせ通り正面口で、なるべく目立つように戦っています」

「ああ、頼む。なるべく相手には俺達が正面の敵兵に精一杯だと思わせるようにしてくれ」

「はっ!!　お任せを!!」

予想通りの展開ににやりと笑う。原作には今回の戦いでシュバルツがどう戦ったかなんか書いていない。だが、主人公が帝国に寝返ったシュバルツと戦う時に、かつて、シュバルツは横道からの奇襲によって敗《やぶ》れたという情報を得ているのである。

だから、俺は敵兵の本命は横道からの奇襲だと読めたのである。俺が率いる部隊は横道で相手が来るのを今かと待機しているのだ。

「こんだけ、構えて相手が来なかったらどうしようとか思うよな……」

「大丈夫です。シュバルツ様の読みは当たりますよ。さらわれた子の場所もちゃんと当てたじゃないですか」

軽口のつもりだったがローザは本気にしたらしく元気づけるように激励してくれる。なんだろう、最近彼女が優しくなってきた気がする。これまでの行動を評価してくれたみたいで嬉しい。

しばらく、待っていると遠くで狼煙《のろし》があがる。ようやくか!!

遠目に砂埃が舞い上がり、馬に乗った敵兵が一気に駆け上がってくるのが見える。

「シュバルツ様、敵兵です!!」

「ふははは、計画通りだな。おそらくこいつらが本命の騎兵隊だろう。一気に攻め込んで城内を混乱させるつもりだったんだろうな!!」

こちらの横道は崖を切り崩した道で、片方を崖に、もう片方を山に囲まれており、馬車が三台ほど並んで走れるだけの広さがある道だ。少数精鋭で突入するには都合がよいのだろう。

本来は地元民しか知らないが、娼館にスパイがいたくらいだ。この道の情報が筒抜けでも驚きはしない。

「今だ、合図を!!」

「はい、神の光よ!!」

俺は相手が一定の場所に来たのを確認すると、ローザに合図を放つように命じる。

彼女の杖が白い光を上空に放つと、同時に、地上で、何かが倒れる音と共に悲鳴がそこらかしこから響く。

「なんだこれは?」

「落とし穴です!　くっそ読まれていたというのか!!」

帝国軍の騎兵隊が、昨日掘られたばかりの落とし穴に足を取られて、倒れていく。

馬はもちろん倒れた兵士も、当たりどころの悪い奴らはそのままあの世に行っただろう。だが、そっちのほうがまだマシだっただろう。その後彼らを待っているのは更なる地獄なのだから……。

「なんというか……かなりエグいですね……」

「まあ、こいつらは精鋭部隊だからな。まともに戦ったらやばいから仕方ないさ」

車は急に止まれないように馬も急には止まれない。先頭集団が落とし穴で、苦しんでいる中に、後続が彼らを踏みつけたり、同じように落とし穴にはまっていく。

そして、追い討ちのように、崖に潜んでいた我が軍の兵士が矢や魔法を放つ。戦略を読んでいた俺は昨日のうちに部下たちに命じて穴を掘らしておいて、崖に待機してもらっていたのだ。

◆　◆　◆

「くそがぁぁ、このような小細工卑怯《ひきょう》だぞ!!　シュバルツ＝バルトよ、正々堂々一騎討ちを……」

「ふはははは、奇襲しておいて、何を言ってやがる!!　油断した自分の愚かさを悔いるんだな!　ローザ、頼む!!」

「はい、任せてください。神の光を‼」

そして、作戦はもう一段階進む。ローザの合図と共に撤退《てったい》しようとしていた敵部隊を巻き込んで崖の一部が崩れて土砂が雪崩《なだれ》のように彼らを襲う。相手が混乱をしている間に俺は号令をかける。

「いまだ。敵の分断には成功したぞ。一気に攻めろ‼」

崖や城壁の上からとどめとばかりに弓や魔法が彼らを襲う。反撃もくるが罠と奇襲による混乱のおかげか、大したことはない。

さっきの偉そうな男もいつの間にか息絶えているのが見えた。

「こっちは勝ったな。次は正面口か……おそらく、逃げ切ったやつが奇襲の失敗を伝えているはずだ……次の作戦をしてくるはずだ。この状況を打開するにはどうすると思う?」

「数はあっちの方が多いですからね。なんとか城壁を破壊しようとするでしょう。そうなるとバリスタなどの兵器かもしくは……」

「そう、大規模魔法だ。ここで、密偵に嘘をつかせた意味がある」

「流石ですね、シュバルツ様」

ローザの言葉に俺は勝利を確信してにやりと笑う。

帝国の指揮官であるニーダラーゲは伝令たちの話を聞いて頭を抱えざるを得なかった。正面を固めている部隊は囮《おとり》で本命は騎兵たちによる奇襲だというのに、失敗したというのだ。

「事前に落とし穴を開けた上に、崖を崩しただと⁉　シュバルツは正気か‼」

あの通路は本来ならば商人たちが使うものである。我々が奇襲に使わなかったらやつは彼らにどう言い訳をするつもりだったのだろうか？

噂ではシュバルツは女好きの無能なクズ領主のはずだった。それなのに、まるでこちらの行動を読んでいるかのような行動に背筋がゾッとする。

まさか、あいつの普段の言動は我々を油断させるための演技だったのか？　そんな考えすらよぎる。

「ニーダラーゲ様、どうしましょう」

「うろたえるな。我ら帝国軍に敗北は許されん。ここにはあの方もいるのだぞ‼　情けない姿を見せるな‼」

弱気になっている部下を叱責《しっせき》してニーダラーゲは次の手を考える。幸運にも敵の弱点は昨日密偵が報告をしてきた。

「大規模魔法を使うぞ。魔法使いたちに連絡しておけ!!」

「ですが、シュバルツは『支配の魔眼』を持っているのでは?」

「ああ、それならば問題はない。奴は自軍の兵士たちには隠しているが、今はサキュバスの呪いのせいで魔眼が使えんらしい。現にやつは一度も魔眼を使っていないだろう?」

そう、だからこそあいつは今回、小細工で騎兵たちを倒したのだろう。大規模魔法は強力な代わりに、しばらく魔法使いたちは使い物にならなくなるがやむをえまい。

それに万が一密偵の情報がまちがいでも、大規模魔法クラスの強力な魔法は魔眼があっても逸らすくらいしかできないはずだ。それこそ、魔力を上げる強力なアイテムでもないかぎりは……。

「城壁を崩したらあとは一気に攻めよ。数の力で負けはせん!! 散々やってくれたからな。住民共は好きにして構わんと伝えておけ」

「はっ、わかりました!!」

そうして、彼らは大規模魔法の準備にかかるのだった。

正面口の方へと馬を走らせていると、強力な魔力の動きを感知する。

「これならば間に合いそうですね」

「ああ、ローザには悪いが魔眼を使うぞ」

「はい、遠慮なさらないでください。あなたの呪いは私が受けるとお約束したでしょう」

俺の後ろで馬に乗っているローザがぎゅっと抱きしめてくる。うおお、そんな風にされると彼女の大きい胸が俺に押し付けられて思わずにやけそうになるが必死に抑える。

彼女は俺のためにその身を犠牲《ぎせい》にしてくれているのだから……。

「シュバルツ様、来てくださったのですね!!」

「あたりまえだ。よくぞ、ここを守り抜いてくれたな。あとは俺に任せろ!!」

俺の命令でそれまで反撃していた兵士たちの手がとめて安堵《あんど》の吐息を漏らす。城壁から見下ろすと、敵兵たちも撤退していくのが見え、背後でまるで太陽のように強力な火の玉が生み出されていくのがわかる。

「あれは灼熱地獄《ヘルファイア》か……」

「確か、一度火が付いたら燃やし尽くすまで消えることはないという地獄の炎を召喚する大規模魔法ですね……なんて恐ろしい魔法を……」

「あれで、城壁を焼き払うつもりなんだろうさ……だけど、そんなことはさせない」

「くぅーん……」

肩にいるアモンが舌なめずりをする。いや、確かにお前にとっては美味しい魔力かもしれないがあんなん喰《く》ったら耐えられないだろ。

俺はローザの手を握りしめて、魔眼を使う。敵軍も反撃がやんだのを疑問に思っただろうが、もう遅い。

「因果を見極め、我がものとせよ‼」

俺の眼をとおして、圧倒的なまでの魔力があらぶっているのを感じる。これまでにないほどの量の魔力を見極めて俺は脳内が焼けるような錯覚に襲われるが、腕輪が妖《あや》しく輝き、相手の魔力を徐々に支配していく。

大規模魔法によってつくられた炎の塊が、敵の頭上で止まり、敵軍が困惑していくのがわかる。もう、あの魔法は俺のものだ。

「ふはははは、己の炎で焼かれるがいい!!」

そして、俺はそのまま完全に支配した炎の塊を敵陣の真ん中に落とす。爆音と共に敵陣から悲鳴が響き渡った。

「敵の戦線は崩壊寸前だ!!　炎に気を付けつつ攻めよ!!」

「「うおおおお!!」」

これで相手が諦めてくれればいいのだが……俺は威勢よく出ていく我が軍の兵士たちを見送りながら思う。敵の指揮官もあれで死んだはずだ。これで勝ちは揺るがないと思うのだが……。

「シュバルツ様、お休みください。そろそろ呪いが……」

「ローザ、ありがとう。でも、ここが正念場《しょうねんば》だ、俺も前線に行って士気を……それにさ、最近わかってきたんだけど、事前に魔眼を使うって心の準備をしておけば多少はもつんだよ」

「まったくあなたっていう人は……」

俺の言葉に、ローザは目を見開いてふっと笑う。その目線には尊敬だろうか、どこか熱い信頼のようなものを感じる。

今の言葉は半分嘘で半分本当だ。何度も魔眼を使ってきたから、多少は呪いを後回しにするコツをおぼえてきたのだろう。体は飢えを訴えているが耐えられないほどではない。

「でも、その言いにくいんだけど、そのかわり戦いが終わったら……」

「わかっています。そんな申し訳なさそうにしてないでください。あなたは私たちのために戦ってくれたんですから、それくらい当然です。それに……私もあなたになら何をされても嫌ではありませんから……」

「え？　それって……」

「さあ、シュバルツ様馬が来ましたよ」

俺が質問を終える前に彼女は顔を真っ赤にしながら、話を逸らしてきた。まさか、フラグがたったのか？　そんなことを思いながら馬にのるとぎゅーっと胸を押し付けられる。

「ローザ……？」

「あなたは気づいていないかもしれませんが顔色が悪いですよ。こうしていれば多少はマシになると思いまして」

「ああ、ありがとう……」

そして、俺達は正門の敵を倒しに戦場へと向かった。

戦況は我が軍が優勢だった。数こそ、まだ劣っているものの相手の奇襲と大規模魔法は、失敗に終わり、指揮官も倒したのだ。敵軍の士気は最低である。あとはこのまま押し込めるだろう。

「我らの手でこの街を守るぞーー!!」

「シュバルツ様に続いてください。神の意志は我らにあります!!」

「「おおー!!」」

俺とローザが声を上げると、部下たちの士気が上がるのがわかる。やはり、リーダーがいるとなるとそれが無能な領主だった男でも、違うのだろう。

「シュバルツ様がいるとやはり、雰囲気が変わりますね」

「それは……まあ、こんなんでも領主だからな。よいところを見せようと頑張ってくれているのだろう」

「それは違いますよ。シュバルツ様が頑張ったからです。悪魔を倒し、相手の戦略を見抜いて打ち破った。だから、みんな信用してくれているんです。周りを見てください。今のあなたを馬鹿にしている人はいません」

まさかと思いつつ、兵士たちを見ると彼らは照れくさそうに笑いかけてきたり、「頑張りましょう」なんて声をかけてくれる。

俺は破滅フラグを回避するのに必死なだけだったのに……だけど、みんなが自分の頑張りを認めてくれたというのが嬉しい。前世では誰も俺を認めてくれなかったのに……そして、そんな俺を真っ先に認めてくれたのは……今、背中にいる彼女だ。

「わかってくれましたか、シュバルツ様」

「ああ、ありがとう。でもさ、ローザ……全てはお前が俺を信用してくれて、宝物庫についてきてくれたから始まったんだよ」

「うふふ、あの時は半信半疑でしたけどね……だけど、今はあなたを信じています。共にこの街を守りましょう」

そう言うと背中がふたたび抱きしめられる。甘い匂いと共に襲ってくる柔らかい感触が心地よい。それと同時に抑えている飢えを意識してしまう。おちつけ、今はまだ駄目だ。俺は自分の中のエッチな心を必死に抑える。

そして、兵士たちを見て改めて思う。彼らはシュバルツのようなクズ領主がいても、腐らずに頑張ってくれた。ローザや彼らと共にならばこの世界で生きていくのも悪くない。むしろ、俺の求めていた世界ではないだろうか？　確かに主人公ではなかったけれど今はシュバルツに転生してよかったと思う。

「大変だ。右翼《うよく》が崩壊していく!! シュバルツ様お逃げください。敵に六騎士の一人がいます!!」

「なんだって!?」

兵士の言葉に俺は信じられずに聞き返す。だって、原作には六騎士のような強敵はここにはいなかったはずなのだ。

六騎士とは敵国軍で最も優れた六人の騎士のことである。本来ならば主人公が苦戦の上に倒す、章のボスキャラのような存在である。

ちなみに、シュバルツは単なるかませ貴族であり、比べる対象ですらない。

「六騎士だと……ちなみに誰だ？」

「魔断《まだん》のテオドリックです……」

「まじかよ……」

伝令の言葉に俺は絶望に近い感情を漏らす。ほかの六騎士ならばまだ可能性はあったかもしれない。だけど、あいつだけはだめだ。相性が悪すぎる。

「シュバルツ様、魔断のテオドリックというのは……」

「魔断……魔法すらも斬《き》り裂くということで有名な騎士だよ」

「そんな……魔法を斬るなんてはったりでは……」

「ああ、そうだな。あくまで通り名だよ。あいつが斬るのは魔法じゃない。すべてだ。鉄だろうが、岩だろうがなんでも斬るんだ」

俺の言葉にローザが絶句《ぜっく》する。そう、人間離れをした能力をもつからこそ六騎士なのだ。右翼の方がどんどん崩れていくのがここからでもわかる。

このままなんとかしなければ、戦況がひっくり返るだろう。英雄のような存在はそれだけの力を持つ。

「ローザ降りろ、そして、俺の指示する場所に魔法使いをありったけ集めてくれ。あとはバリスタの準備を頼む」

「シュバルツ様……ですが!?」

「心配するな。俺は救世主なんだろう?　だったらこんなところで負けたりはしないはずだ」

救世主という言葉に彼女は何も言えなくなる。俺達は善戦しすぎた。原作と違ってここまで相手に被害を与えた以上、俺やローザも無事ではすまないだろう。最悪、処刑されることになるかもしれない。

そんなことさせるかよ!!　やっと俺は俺を認めてくれるところを見つけたんだ。

「くぅーん」

俺を応援するかのように、アモンが肩で鳴く。こいつはやたらと勘がいいところがある。連れて行けば役に立つかもしれない。

「ローザ、頼んだぞ!!」

最後に泣きそうな顔をしている彼女に声をかけて俺は右翼の方に馬を走らせる。

しばらくすると、逃げまどう我らの兵士と、それを追い回す立派な青色の鎧を身にまとい身長の二倍はありそうな槍を持った男がいた。

あれがテオドリックとかいうやつだろう。しかも、それだけじゃない。あいつの周りにいる同じような青い鎧を身にまとう連中も一騎当千の実力だとわかってしまう。彼らはそれぞれの剣なり槍なりを極めた武闘派だ。魔法を一切使わないため俺の魔眼とは相性が悪すぎる。

意を決して俺は声を張り上げる。

「皆の者大丈夫か!?　厭らしき侵略者どもよ、俺が神に代わって罰を与えてやるよ!!」

「うん？　その小太りな体型、異様《いよう》な目の色……なるほど、貴様がシュバルツか!!我が名は青の騎士テオドリック、魔断のテオドリックと名乗った方が通りはいいかもしれんな。無様に命乞《ご》いをすれば楽に殺してやるぞ」

　俺に気づいたテオドリックが得意げに名乗る。彼の目には俺への侮蔑《ぶべつ》の色しかない。大方《おおかた》俺がビビることを予想しているのかもしれないが、そうはいかない。

「はっ、六騎士がこんな辺境に来るなんてな。よっぽど頼りにされていないんだなぁ。どうせ、六騎士でも最弱なんだろ。雑魚にびびるものかよ!!」

「なっ、我は最下位ではない!!　五番目である!!」

　俺の挑発がよっぽど堪えたのか、すごい勢いでこちらへと馬を走らせてくる。いや、六番も五番もそこまで変わらんだろ。と思うが彼にとっては大事なことのようだ。

「じゃあな、お前なんかとまともに戦うかよ!!」

「待て、敵に背を向けるとは卑怯な!!」

「そんな数で追っかけてくる方が卑怯だろうが!?」

　必死に馬を走らせながらなんとか、俺は指定の場所まで敵を誘い出す。頼むぜ、ローザ!!　俺の願いが届いたのか、城壁の上からバリスタと投石機から放たれた石が飛んでくる。

「ふははははは、そんなものが通じるものかよ!!」

テオドリックが笑いながら槍を振り回すと、まるで発砲スチロールのように岩が砕け散る。なんだよ、あれ。こんな敵考えたの誰だよ……って俺だわ!!

あいつが俺の挑発に乗ったのもこちらの罠なんて突破できるという圧倒的な自信があったからだろう。だけど、こいつに通じないのは俺も予想していた。だが、想定外だったのは、テオドックの親衛隊である。こいつらもまた、テオドック同様バリスタなどの攻撃を弾きやがる。

「邪魔だな、お前らやれ!!」

テオドックの号令で親衛隊が弓を射抜くとバリスタなどが破壊されていく。何人かの兵士が挑みにいくがそれも、あっさりと返り討ちにあってしまう。目があった兵士たちの練度が違いすぎる。どうすればいい? 俺が冷や汗をかいている時だった。

「くっそ、誰かサポートを!! 城壁が突破されたら終わるぞ!!」

「おい、領主様。今のは依頼ってことでいいんだよな?」

「首一つで金貨一枚もらうぜ!!」

俺の言葉に応えたのは予想外の連中だった。正門の方から、革鎧を身にまとった剣士風の男、大斧を手にした乱暴そうな男がやってきて、テオドリック親衛隊の攻撃を受け止める。

「あれは冒険者か!!　でも、なんで？」

「あんたの評判が悪いから説得に時間がかかったのよ。感謝しなさい」

俺は自分の問いに答えた相手の正体に驚愕を隠せなかった。

「グリュン……なんで？」

「あんたが私に力を貸してって言ったんでしょうが。来てあげたんだから喜びなさいよね」

「ありがとう、お前がいればこの戦いは勝てるぞ」

少しツンとした表情の彼女に思わず笑みがこぼれる。

「ちょっと……顔が近いわよ……」

感動のあまり彼女の手を握ると、なぜか顔を真っ赤にして逸らされた。理由はわからないが、彼女が来てくれただけで十分だ。これで勝利のピースはそろった。

「ローザ今だ。魔法使いたちに指示を!!」

俺が大声を張り上げると同時に炎の矢が大量にテオドックの方に降り注ぐ。だが、テオドックはあざけるように笑って、槍を風車のように回す。これで炎の矢を受け

止める気か⁉

「魔法なんぞに頼るのは貧弱な証拠である‼　魔断の力を見せてやろう」

「はっはっはー‼　武力なんぞに頼るのは脳筋の証拠だぜ‼　魔眼の力を見せてやるよ。因果を見極め、我がものとせよ‼」

俺はテオドックを挑発しながらも、魔眼の力で炎の矢を支配し軌道《きどう》をいじる。ありえない動きをする炎の矢が上下左右から襲い掛かる。

だが、悲鳴を上げる馬から飛び降りたテオドックが火矢をものともせずにこちらへと向かってやってくる。

「残念だったな。我が鎧は魔法をとおさんのだ。軍師の言うこともたまには聞いておくものだな」

「こっちにはまだ、奥の手があるんだよ。グリュンいまだ。全力で火の魔法をぶちかましてやれ‼」

「そんなことをしたら制御なんかできないわよ。あんたを怪我《けが》させるかもしれないわ」

「大丈夫だ。俺を信じろ」

俺は震える彼女の杖を摑んでいる手の上から優しく支えるように重ねる。グリュンは不安そうに俺を見つめ……意を決したように、杖をテオドックに向ける。

「わかったわよ!!　今度はあんたを信じるわ。炎の渦《うず》よ、我が敵を焼き払え!!」

その言葉と同時に彼女の杖から圧倒的なまでの熱量をもっている炎の渦が現れて、まるで蛇のように暴れだす。

「くっ、やっぱり……」

「大丈夫だと言ったろ、グリュン!!」

俺は暴れている炎の渦を制御してテオドックを襲わせる。グリュンはまだ魔法使いとしては未熟だが魔力量は一級品だ。だったら俺が制御してやればいい。

まるで火炎放射器のようにテオドックを襲う炎。だが、彼はそれをものともせずに全身に炎を浴びて煙をまきちらしながらもすさまじい速さでこちらへと向かってくる。まるで魔法なんて怖くないとでも言うように……。

どんどん、せまってくるテオドック。だけど、もうちょっとだ……もうちょっとなのだ。

「グリュン……」

「大丈夫なんでしょ？　だったら私はあんたを信じるわ」

「ああ、俺の作戦は完璧だ。安心しろ!!」

心配するなとばかりにグリュンの杖の握る手が強まり、さらに火力が増していく。

「うおおおお⁉」

そんな間にもテオドックが目の前までやってきて槍を掲《かか》げて……そのまま、倒れる。

「やったのよね、だけど、こいつに魔法は通じないんじゃ……」

「魔法は平気でもさ、火の煙までは無効化できないだろう？　煙は人体にとって毒なんだよ」

火事での死因も火というよりも煙が多いのだ。一酸化中毒の話をしても彼女たちにはわからないだろうから、抽象的《ちゅうしょうてき》に説明しながらテオドックの兜《かぶと》をとり、俺は剣を抜いて、首を狩った。

初めての人殺しだというのに罪悪感を感じなかったのは戦場だったからだろうか？

「敵将を討ち取ったぞーーー‼」

俺はテオドックの首を掲げて、すさまじい頭痛と同時に渇きを感じて、そのまま意識を失った。ああくそ……魔眼の使いすぎと、サキュバスの呪いのダブルパンチかよ……。

◆　◆　◆

渇いている……ああ、渇いている。俺の中の全てが渇きを訴えてきて気が狂いそうだ。誰でもいい……誰でもいい……早く、この渇きをなんとかしないと……。

俺はそのまま、頭に濡れタオルをおこうとしたであろう、細い腕を掴む。腕の主は一瞬大きく目を見開いて……。

「シュバルツ様……つらいのですね……」

「うう……」

俺がその手を引っ張る前に、彼女は自らの意志でこちらに覆いかぶさってきた。そして、彼女の唇が俺の唇をふさぎ、吐息まで飲み込むような口づけをする。そして、そのまま舌をからめ深く触れ合った。グチュグチュとどこか艶めかしい音と荒い吐息が部屋を満たす。どれだけそうしていただろうか？

少し渇きが楽になり、徐々に頭がクリアになってくる。俺の眼に正気がもどったのを悟ったのか、ローザが、唇を離すと唾液がわずかに残っており、なんとも艶めかしかった。

「シュバルツ様、正気に戻られましたか?」

彼女は先ほどまでの情熱的なキスが嘘のように、恥ずかしそうに顔を真っ赤にしながら口を開く。その姿がどこか淫靡《いんび》に唇をむさぼっていた様子とギャップがあり、そこが可愛らしく俺は再び正気を失いそうになるのを必死に抑える。

「ああ、おかげさまで多少はマシになったよ。ありがとう。俺はどれくらい寝ていたんだ……?」

「半日ですね。おそらく魔眼の使いすぎでしょう。あれだけ強力な魔力を短時間に何度も支配したんです。本当はもっと休んでいないといけないんでしょうが、体の疼きで目覚めたんでしょうね」

ローザが変わらず顔を赤くしたまま少し言いにくそうに俺の下半身に一瞬視線を送った。うわぁ……むっちゃ元気じゃん。これもサキュバスの呪いなのだろう。全身だるいのに、さっさと渇きをなんとかしろと訴えてきやがる。

「それで、戦争はどうなった? 俺達は勝ったのか?」

「はい、もちろんです。指揮官を討ち取られた敵兵は元々低かった士気も下がり親衛隊たちも冒険者たちが撃退してくださいました。我が軍の兵士たちは今頃宴会をして騒いでいます」

「そうか……よかった」

ローザの言葉に俺は安堵の吐息を漏らす。あの後大逆転をされていたら目も当てられなかったぜ。俺は無事に領地を守り、彼女の言う救世主としてふるまえたのだと思うと胸を達成感が満たす。それと同時に、渇きがさらに強くなってきた。

「じゃあ、俺はちょっと行ってくるよ。ローザも宴会に交じるといい。きっとみんなも喜ぶだろう」

「……シュバルツ様はどこに行かれるのですか？」

立ち上がろうとする俺の腕をローザが力強く押しとどめる。ここまでの渇きを満たすにはディープキスだけでは足りないのだ。流石にそれ以上のことを頼むのは気が引けるので、娼館に行こうとしたのだが……。

「それはその……そういう所だよ。今なら宴会ムードだし、俺が羽目《はめ》をはずしても文句は言われないだろう？」

事情を説明して再度立ち上がろうとするが、彼女はそれでも手を放さずどこか不満そうに俺を見つめる。

「シュバルツ様、ご安心を。あなたの治療に集中するため、この周辺は人払いをしてほしいと皆には命じてあります。だから、ここでシュバルツ様が何をしても悪名《あくめい》が広がることはありません。それに……私と二人で行動している所も皆は見ているので、そういう関係になったのが知られても無理やりあなたが襲ったと思う人は少ないかと思います」

何か言い訳をするように早口で彼女が訴えかけてくる。待て待て、これじゃあ、俺がローザを襲ってもいいみたいな話になっているじゃないか。

「くぅーん」

ベッドの横で寝ていたアモンが欠伸《あくび》をしながら部屋を出て行く。まるで空気を読んだかのような行動である。

「いや、流石にそこまでするのはまずいだろ。いくら街のためとはいえ自分をそこまで犠牲にしなくていいんだぞ……うおお⁉」

膨《ふく》れっ面《つら》をしたローザが俺の手を自分の胸に押し付ける。柔らかい感触と共に渇きが増していき、欲望が高まっていく。

「だから、あなたとこういうことをするのは嫌ではないって言っているんです‼　むしろ、娼館とかに行かれる方が嫌なんですよ。ここまで言ってもわかってもらえませんか？」

「いや、でも……なんで……？」

「あなたのことを好きだからに決まっているじゃないですか？　この二日間私やこの街を守るために必死に頑張るあなたを見て、何も思わないはずがないでしょう？　シュバルツ様は私をどう思っているのですか？」

ローザが熱を帯びた瞳で俺を見つめてくる。何かを期待しているような視線に俺の体も熱くなる。ここまで言ってもらって、へたれるのはもはや男ではないだろう。

「俺はさ、ローザが最初に信じてくれてすごい嬉しかったんだ。だから頑張れたんだと思う。俺もそういうことをするならローザがいい。だけど、その……途中では止まれないと思うぞ」

「はい、そういう風に気を遣《つか》ってくれる優しいところも好きですよ」

「ああ、俺も優しいローザが大好きだ」

照れくさそうに笑う彼女を見て、俺の我慢はもう限界だった。優しくその柔らかい胸を揉みしだき「あっ♡」と言う甘い吐息を漏らす口を今度は俺が唇でふさぐ。どれくらい唇を交わらせていただろうか？

一息つくために、唇を離すと唾液が糸を引いてなんとも扇情的である。

そして、どこか物欲しげに俺を見つめている彼女の表情を見て……ちょっといたずら心に襲われる。俺は再びキスをすると見せかけて、彼女の耳をなめる。

「きゃうぅん♡」

驚きと快楽が混じった目線で俺を睨むローザ。

「シュバルツ様のいじわる……」

「ごめんごめん、つい、可愛いローザを見たくてさ」

俺は誤魔化すように彼女の頭を撫でて……そのまま俺達は一つになった。普段は優しく気を遣ってくれる彼女だったが、ベットの上ではすごく積極的で激しかった。

◆　◆　◆

「シュバルツ様……とても気持ちよさそう……」

ローザは自分の横でぐっすりと眠っているシュバルツの顔を見て、自分の心が幸せに満たされていくのを感じる。

そして、自分が彼に恋をしていることを改めて自覚して、ぎゅーっと抱きしめる。

「あなたにこんな気持ちを抱くことになるなんて不思議ですね……」

ローザとシュバルツの出会いは最悪からのスタートだった。それも無理はないだろう。彼との出会いは、いつものように近所の人々の治療をしていた時に、たまたま会議のために王都に来ていたシュバルツの目にとまったことがきっかけだった。

彼は下卑《げび》た目で自分を見つめて、ローザを無理やり自分のものにしようとしたのだ。シュバルツは貴族で、強力な魔眼をもっていることもあり、教会も圧力をかけられたらどうにもならなかったようで、ローザは半ば強制的に彼の領地へと転勤させられてしまった。

「お前には俺専属のプリーストになってもらうぞ。俺の城でその恰好は似合わない。お前にふさわしい服を用意したので着るがいい」

シュバルツは下卑た笑みを浮かべてそう言ったのだ。そして、ローザは神官服からメイド服に着せ替えさせられて、彼の健康管理と身の回りの世話をさせられるようになってしまった。

彼は噂にたがわず最悪の男だった。民《たみ》のことを考えない重税に、呪いを言い訳に娼婦を屋敷に招き入れたり、メイドに手を出したりと好き勝手し放題だった。ローザが手を出されなかったのは、いつ押し倒されるか警戒している自分を見るのを楽しんでいたのではないのかと推測している。あとは教会の権威のおかげだろうか。

そんな彼との関係が変わったのは一昨日である。彼は人が変わったかのように、我儘《わがまま》は言わずに人の話を聞くようになり、私にどうすればいいのかと聞いてくれた。

そして、悪魔を倒した彼を見て私は彼こそが救世主なのだと理解した。

だから、魔眼の代償に彼が苦しんでいる時、彼女は自然とその身を犠牲にしてもいいと思えたのだ。今後もこの弱点は彼が救世主となっていくための障害になるだろう。そのため、ローザは自分を犠牲にすることにしたのだ。それが自分の……神の声を聞くことができる人間の役目だから……。

だけど、彼女は不思議に思う。悪魔からの攻撃から助けてもらった時の胸の高鳴りと、キスをした時にそんなに嫌な感じがしなかったのはなぜなのだろうと……。

そして、何よりも自分の神託を信じてもらえてすごく嬉しかったのはどうしてなのだろうかと？　その答えは彼と過ごしていくうちに徐々にわかってくる。

グリュンに対して怒ってくれたのが嬉しかった。私の救世主になってくれると言ってくれたことが嬉しかった。そして、私はいつの間にか彼に恋をしていた。

だから……彼がサキュバスの呪いで苦しんでいるのを見ているのが耐えきれず、私は自分ができることをなんでもしてあげたいと思ったのだ。その結果私たちは、サキュバスの呪いを言い訳にしながらも結ばれて。お互い好きだと言い合えたのだ……。

「うふふ、シュバルツ様が思っているよりもずっと私はあなたのことを好きなんですよ」

彼のほっぺたをぷにぷにとしながらローザは幸せそうに吐息を漏らす。そして、彼の唇にこっそりとキスをしてからその横顔を眺めて呟く。

「今回の戦いでシュバルツ様の評判はよくなると思います。いずれ私以外にもあなたの力になってくれる方はどんどん増えるでしょう。その時に私はいないかもしれません。だけど、あなたならきっと大丈夫です」

ローザはシュバルツには言っていないもう一つの神託を思い出して呟く。そのことを考えると、胸がぎゅーっと締め付けられるが仕方のないことだ。

ガタン、何かがぶつかる音がしてローザは人払いをしていたはずなのに……と怪訝に思うが覗《のぞ》いていた人物の正体に気づいて、苦笑する。

「ごめんなさい。今だけは私が独り占めさせてくださいね」

聞こえないことがわかっていながら彼女は去っていった人影に声をかけて……ふたたびシュバルツに抱き着くのだった。

◆　◆　◆

指揮官とテオドリックをやられた敵兵は退却し、我々は勝利した。兵士たちや冒険者たちはすっかりお祭りムードで騒いでいる。話題の中心はもちろん、一人の人物だ。

「はっはっは、流石はシュバルツ様だ。俺は見たぜ、あの人が敵の大規模魔法を利用して敵陣を壊したんだ。すごかったぞ」

「いやー、俺はあの人はいつかやると思ったぜ」

「嘘つけ、『あの女好きめ、ロクに働かねえであそびまくりやがって』って文句ばかり言ってたじゃねーかよ」

「確かにそれまでがなぁ……好き勝手やってたからな。でも、それも過去の話よ!! この街の未来は明るいぜ!!」

彼を誉める者もけなす者もいる。兵士たちの話を聞いているとクズだったことは本当だったのだろう。この街で暮らしていたグリュンもシュバルツの悪い噂は嫌というくらい聞いていた。だが、彼女が実際話して共に戦った彼は心優しい青年だった。

もしかしたら、今回の奇襲で敵を油断させるためにあえて無能なフリをしていたのかしら？

そんな考えすら思い浮かぶ。

「それにしても、あのプライドの高いグリュンが俺達に頭を下げるなんて思わなかったぜ」

「そうそう、しかも、あの評判の悪い領主様のためによー。まさか、あいつに惚《ほ》れたのか？」

「そんなはずないでしょう。シュバルツはこの街を守ろうとしていたんだから力になりたいって思うのは当然でしょう？　それに、リッドを助けてくれたのだもの。お礼をするのは当たり前じゃないの」

下世話《げせわ》なことを言う冒険者仲間をジト目で睨む。グリュンは単に助けられたお礼をしただけにすぎない。別にシュバルツのことをどうと思っているわけではないのだ。

彼と手を重ね、杖を握っていた手の甲を撫でながら内心呟く。だけど、この甲から熱が引かないのはなぜだろう？

「それにしてもローザ様もすごいよな。サキュバスの呪いを解呪《かいじゅ》したんだろう?最近つきっきりだったしな。ちょっと羨ましいぜ」

「じゃあ、お前も呪われてみろよ。でも、ひょっとしたらシュバルツ様がまともになったのは呪いが治ったからかもな。呪いを解呪した聖女様と、呪いに打ち勝ち戦争を勝利に導いた英雄か。ははは、まさに英雄譚みたいだな」

後ろの席で盛り上がっている兵士たちの話に思わず、聞き耳を立ててしまった。

やはり、サキュバスの呪いは治ったと思われているようだ。

なるほど……確かに呪いに苦しみながら戦う領主よりも、打ち勝った領主の方が英雄としてあがめられるだろう。それが彼が呪いが治ったと嘘をついている理由なのかもしれない。

「でも、シュバルツ様が倒れた時はびっくりしたぜ。やっぱり魔眼って体の負担もやばいんだな」

「ああ、だから今はローザ様が治療をしているらしいぞ。自室でゆっくり休んでいるらしい」

彼らの言う通り彼はあの戦いで何回も魔眼を使っていたはずだ。てっきり、城には彼の呪いをなんとかするために女の子でも呼んでいるのかと思っていたがそうではなさそうだ。

だとしたら彼は今呪いで苦しんでいるのではないだろうか？　そう思うとグリュンはいてもたってもいられなくなる。

「ごめんなさい、ちょっと用事を思い出したわ」

私は冒険者仲間に声をかけてその場を去る。まあ、エッチなことはいやだけど……あいつは頑張ったのだ、少しくらいなら許してあげてもいいかもしれない。だって、彼のおかげでこの街も、孤児院も守られたのだから……。

領主の館に向かっている最中も人払いをされているせいかあまり人とはすれ違わなかった。ちょっと緊張した面持ちでグリュンはシュバルツの館に足を踏み入れる。

使用人たちも別館で騒いでいるらしく、とても静かだ。

だけど、一つ問題がある。

「迷ったわね……」

こっそりと入った手前、道を聞くこともできずにグリュンは自分の愚かさを悔いていた。今もシュバルツは苦しんでいるかもしれないのに……。

グリュンがどうしようと悩んでいると救いの主が現れる。あの小さな魔力を感じる犬はシュバルツのペットのはずだ。リッドがさらわれた時も元気づけてくれたと嬉しそうに語っていた賢い犬である。この子ならばシュバルツの場所を知っているかもしれないと一縷《いちる》の望みをかける。

「ねえ、シュバルツの部屋の場所を知らないかしら？」

「くぅーん」

犬がつぶらな瞳でグリュンを見つめ首をかしげる。咄嗟に話しかけてしまったがいくら賢いと言っても人の言葉がわかるはずがないのに……と後悔した時だった。犬は一瞬にやりと笑うと元来た道を歩き、まるでついて来いとばかりにこちらを振り向く。

「まさか、言葉が通じたのかしら？」

グリュンは半信半疑のまま、犬についていきしばらく歩くと、とある部屋から明かりが漏れているのが見える。確か人払いをしていると言ったのであそこがシュバルツの部屋なのだろう。

お礼を言おうとするといつのまにか犬は消えていた。

「まあ、あいつも頑張ってたし、サキュバスの呪いらしいし……ちょっとくらいエッチなことならば許してあげてもいいわよね」

自分で言っていて顔が真っ赤になっていくのを自覚する。そうして扉の方へと向かうと何やらくぐもった声が聞こえてくる。

　そして、グリュンがその先で見たものは……。

◆　◆　◆

　窓から差す朝日と共に、優しい声色で呼び掛けられて目を覚ます。

「シュバルツ様、もう、朝ですよー」

「うーん……そんな時間か……」

　昨晩色々と頑張ったせいか体がだるいが、その反面頭は澄み渡っている。呪いの渇きで苦しんでいたのが嘘のようである。

「おはよう、ローザ」

「はい、おはようございます、シュバルツ様」

　昨日のことを思い出し少し恥ずかしくなりながら声をかけると、いつものような返事が返ってくる。あれって夢だったんだろうか？　などと思って彼女をよく見ると、顔を少し赤らめながらチラチラと俺を見ているのがわかった。

　むっちゃ意識しているじゃゃん。可愛いな。

「朝ご飯を用意しておきました。お口に合うといいのですが……」

「ローザが作ってくれたのか、ありがとう」

　俺が眠っている間に準備を済ましてくれたらしく、少し形は崩れているが、焼き立てのパンケーキが香ばしい匂いで、空腹の俺を襲う。

「冷めないうちに食べてくださいね。その……久々に作ったものであまり自信はないのですが……」

「いいや、すごい美味しそうだな。いいな……こういうの」

　なんか恋人みたいだなと思ってふっと笑う。前世では縁がなかったか、朝起きて誰かが傍《そば》にいるというのは素敵なことだと思う。

「失礼します」

「え？」

　ローザが当たり前のように俺の隣に座る。向かいにも椅子があるというのにだ。俺がきょとんとした顔をしていると彼女は不思議そうに首をかしげる。

「どうしたんですか？」

「いやぁ、ローザは料理もできて、気が利《き》くからいい奥さんになりそうだなって思ってさ。こんな風に尽くしてもらえるなんて最高だなって思って……」

「うふふ、ありがとうございます。じゃあ、今後は私がシュバルツ様の朝ご飯は作りますね。よかったら好物を教えてください。私のご飯じゃないといやだって言ってもらえるくらい頑張りますから」

嬉しそうに笑うと、彼女は俺の肩に体を預ける。彼女ヅラどころか奥さんヅラをしてきた？　でも、まあ、悪くはないな……彼女の愛情を感じて、そう思うのだった。

◆
◆
◆

長い間使われなかった会議室で俺達は今後のことについて話し合っていた。原作通りならば帝国軍との戦争はこれからもっと激しくなるはずだ。戦って生き抜くために準備をしなければいけない。

「それでは、まずは城壁の強化と兵士の練度を上げるぞ。今回はたまたま勝てたが、次回もそううまくいくかはわからないからな」

「はい、シュバルツ様!!」

俺の言葉に元気よく答えるのは兵士長だ。今回の戦いでも最前線で働いていたから、彼からの視線には尊敬の念を感じる。まあ、最前線で戦っていたしな。

「市民の中でも今回の戦いで危機感を覚えた人間も多いはずだ。兵士になりたい人間がいて、身体的に問題がない者は採用していい。幸い宝物庫を開けたおかげで金銭には余裕がある。支度金《したくきん》も払うと言ってくれ」

「はい、それでは手配をしておきます」

兵士長は敬礼をして出ていく。これで頭数は増えるだろう。次は冒険者たちだな。

そう思って会議にグリュンを呼んでいるんだが、なぜか、心あらずといった感じで俺とローザを交互に見つめている。

「大丈夫か？　あれだけの魔法を使ったからか、疲れているのに無理に呼んで悪かったな」

「いいえ、大丈夫よ。それでなんの話だったかしら？」

「ああ、グリュンは冒険者たちに顔が利くだろう？　兵士になりたい人間や非常時に力を貸してくれる人間をリストアップしておいてくれるか？」

「え……ええ、わかったわ。じゃあ、ちょっと私は用があるから行くわね」

そう言うと彼女はさっさと出て行ってしまった。こちらを見つめる顔が少し赤かったのはなぜだろうか？　だけど……これで、兵力の強化の目途《めど》は立った。

会議は終わり、皆が去っていくのを見届けて、隣に座るローザに声をかける。

「これでこの街の未来も見えてきた。ローザ、俺はこの国を守ってみせるよ。そして、お前の言う救世主になってみせるぞ」

「うふふ、シュバルツ様はもう、私にとっての救世主ですよ。見てください、あなたが守ったこの街を」

ローザが窓を開けると、街の景色が一望できる。市場は栄えて人々が買い物をしているのが見える。そして、訓練場では、昨日まで戦っていたのに、元気に武器を振るっている兵士たちが見えた。

原作では壊されていたこの景色を俺は守ったのだ。そして、俺は俺を認めてくれたローザや皆と共に、この世界で生きてきたいと思う。

「ローザ、これからも頼むぞ」

「はい、シュバルツ様……」

俺の言葉に彼女は絶対的な信頼感を寄せてうなずくと、そのまま体をよせてくる。きっと、俺は彼女の救世主として異世界転生したのだと……。

今回のように俺の行動によって今後も歴史が変わっているのと関係があるのかもしれない。だけど、彼女やグリュンたちとなら無事に乗り越えられると思うのだ。

四章　新たな戦場と原作主人公たちとの出会い

シュバルツたちが帝国軍の侵略から街を守り抜いて一週間が経った。そして、王の間《ま》では帝国軍がいくつかの国境の街に攻め入ってきたため、緊急会議が開かれていた

「陛下、イーオス領、カルネ領も制圧されたそうです」

「お前らは何をやっているのだ!!　連戦連敗ではないか!!」

ノルド王国の王であるイースレイは矢継《やつ》ぎ早《ばや》に悪い報告を受けて、部下たちを怒鳴りつける。ここ数年帝国が本格的に攻めてきたことはなく、すっかり油断していたノルド王国は帝国にいいように侵略をされていた。徐々に帝国軍が近づいてくるという事実が自分の身の安全しか考えていないイースレイの顔には余裕はない。

「だから、もっと軍事費に金をかけておけと言ったではないか!!」

「申し訳ありません、陛下!!」

もちろん、イースレイがそんなことを言った事実はない。本来軍事費に消えるはずの金は彼やその取り巻きの貴族の贅沢な生活や浪費によって消えてしまっている。

「それで……敵兵はどこまで侵略を始めているのだ？」

「今はリラ様とシルト将軍が守る北方の砦《とりで》がなんとか抑えていますが、このままではいずれ突破されるのも時間の問題かと……」

「リラか……あの小娘、普段は『軍事をおろそかにしてはいけない』とか生意気なことを言っていたくせに役に立たたんではないか。我が娘ながら情けない」

あまり関係のよくない娘の名前を聞き、イースレイは不快そうに吐き捨てた。彼はいつも小うるさく民のことを考えた方がいいとか小言を言うリラが苦手だった。

「そうだ。確かシュバルツとかいう領主が帝国を押し返したと報告がなかったか？　バルト領の英雄と聖女とか言われているのだろう？　やつを援軍に差し向ければよいのではないか？」

「それは……」

会議に参加していた貴族たちがみんな複雑そうな顔で押し黙る。シュバルツの悪評は皆が知っていた。魔眼という強力な力を持ちながら、サキュバスの呪いを理由に好き勝手をしている悪徳領主である。とてもではないが、彼が帝国に勝ったとは思えない。よほど優秀な部下か冒険者がいて、手柄《てがら》を奪ったというのが貴族たちの共通認識だった。

「陛下、お言葉ですがあの男にそれだけの実力があったとは思えません。おそらく偵察《ていさつ》に帝国兵が来たのを都合のいいように言ったのだと思われます」

「ふん、そんなことはわからないだろう!!　それにあの男は魔眼を持っているのだろう？　それを使えば戦況を変えることができるはずだ。すぐに砦へ向かうように手紙を送れ。これは決定事項だいいな？　私は忙しいんだ」

そう怒鳴ると、イースレイはさっさと王の間を後にしてしまう。確かこの後は彼のお気に入りの愛人との逢瀬《おうせ》だったはず。だから、急いで決めたのだなと皆が大きく溜息をつく。

「それで……どうするんだ？」

「どうするもこうするも王命だ。しかたないだろ。すぐに伝令を手配しろ」

そうして、重い雰囲気のまま会議は終わりをつげた。

ぜーぜーと情けなく息を切らして、俺はグリュンの後を必死についていく。一緒のタイミングで走りはじめたというのに彼女は涼しい顔をしているのに対し、俺の体はあちこちが悲鳴をあげている。

「いや無理、マジ無理……」

「あんたね、魔法使いの私より体力ないってどういうことよ……」

グリュンがあきれたとばかりに大きく溜息をつく。あの戦争から一週間と少しが経った。兵士たちの訓練へのやる気は高く、帝国も今はおとなしいので、せっかくだからと彼女に訓練につきあってもらっているのだ。

といっても、今の俺は体力づくりがメインである。その代わり食事制限と訓練のおかげか体重が十キロくらいやせたぜ。

「全く……仮にも英雄ってよばれてるくらいなんだから、もう少しくらい頑張りなさいよ」

「まあまあ、グリュンさん。シュバルツ様も一生懸命頑張っているんですから」

「そーだそーだ、俺の三段腹も二段腹に減ったんだぞ!!」

ローザが優しい笑みを浮かべながら飲み物を持ってきて、俺達に手渡してくれる。

おお、ローザたん、マジ天使。

「領内で採れた果実で作った果実水です。疲れが取れますよ」

「おお、ありがとう。無茶苦茶美味い……」

「確かに疲れたあとのこれは効くわね」

口に含むとわずかな酸《す》っぱさがある水が疲れを癒してくれる。城内では兵士たちが一生懸命武器を振っており、中には冒険者らしき者たちの姿も目立つ。訓練は順調そうである。これならば次の戦いは楽になるだろう。

それに俺の中でももう一つ大きな変化があった。

「そういえばシュバルツ様、グリュンさんに魔法を教わっているそうですが、調子はどうですか？」

「ふっふっふ、これを見るがいい。我が姿よ、虚《うつ》ろへ」

詠唱と共に俺の腕が透明になっていく。そう、セノの使った魔法である。俺の魔眼は魔力を支配する過程で、その仕組みを理解する。それゆえに一度見た魔法は模《も》倣《ほう》することができるのだ。

こんな能力あるなら前回使えよって話だが、シュバルツがろくに訓練してないから魔法が使えなかったのだ。本当にクソだな。このデブ!!

「流石ですシュバルツ様!!」

「うーん、ちょっと教えただけでレアな魔法まで使えるようになるなんてずるいわね。複雑な気分」

「はっはっは、天才で悪いな!!」

「シュバルツ様!!」

俺達が兵士の訓練を眺めながら雑談をしていると、兵士の一人が息を切らして走ってきた。その様子にイヤな予感を覚える。

「どうした？　ローザ、彼にも果実水を」

「お気遣《づか》いありがとうございます。ですが、今はそれどころではありません。王の使者がやってきました。シュバルツ様にお話があるそうです」

「は……？」

想像もしていなかった出来事に俺は思わず間の抜けた声を上げてしまう。こんな辺境に王の使者が来ることはない。俺が勝利したことによって歴史は大きく変わってしまったということだろう。

とはいえ、王の使者を放置することもできず、俺達は汗を拭いたら急いで向かうと、使者が客間で俺達を待っていた。彼は値踏みするように俺を見つめ口を開いた。

「あなたがシュバルツ＝バルト様で間違いありませんね？」

「はい、私がバルト領の領主のシュバルツ＝バルトです」

「それでは聞きなさい。これは王の勅命《ちょくめい》です」

「なっ」

王の勅命という言葉に戦慄《せんりつ》が走る。俺はひざまずいて彼の言葉を待つ。勅命ということはこの手紙は王の言葉ということになる。反乱でもする気が無い限り彼には王と同じくらいの礼をつくさねばならないのだ。

『領主シュバルツ＝バルトよ。帝国の侵略を阻止した功を褒め称えよう。その才能を国境の領主として腐らすのは惜しい。直《ただ》ちに北の砦にいる王国軍と合流しその才能を発揮せよ。代わりに数百人の兵士と褒章《ほうしょう》を与える。今後も我が軍のために活躍するのを期待している』

要するに、兵士と金をやるから代わりに俺に前線に行けということだ。せっかくバルト領を発展させていこうと誓っていたのに……。

だが、これは王の勅命である。帝国に寝返るというわけでもない限り逆らうという選択肢はない。

「わかりました。謹《つつし》んでお受けいたします」

俺の言葉に大げさにうなずく使者の顔を見て殴りたくなってきた。

「さーて、どうするかな？」

使者を丁重におもてなしした後、俺は自室で考え事をしていた。幸い領主であるシュバルツがクソだったのに領地経営は回っていただけあり、部下たちはしっかりしてくれている。俺があまり関与しなくても問題はなさそうだし、兵士たちの士気も先ほどの戦争で勝ったおかげかかなり高いので訓練も順調だ。そして、肝心の資金源もまだまだかなりの量がある。

しばらくは、俺がいなくてもバルト領は回るだろう。ならば、俺がやるべきことは……。

「人脈作りと俺の悪い噂を払拭《ふっしょく》するチャンスだな。なんとか俺が有能な人間だと示してうちに来たがる兵士を増やさねば……」

先ほどの戦いでも六騎士の一人の存在で戦況が覆《くつがえ》りそうになった。前世と違い優秀な能力をもつ存在で戦況が変わるのがこの世界の戦争だ。

バルト領はローザが皆の不満をおさえていてくれていたおかげかみんな真面目だが、特別秀《ひい》でた能力を持つ人間はグリュンしかいないし、兵力も少ない。だったら、どうせ断れないのだ。最前線にいる権力を持っている人間と仲良くなって、優秀な人間を紹介してもらったり、非常時にサポートしてもらうための人脈をつくる機会だと割り切るのもありだろう。

「それに他国の魔法を見れば俺の支配眼はより有用になる」

魔法を支配するということはその魔法を理解することでもある。異国の魔法を知れば知るほど、俺の魔眼はより、魔法を支配しやすくなり、場合によっては模倣をすることもできるだろう。そして、模倣した魔法をグリュンに教えれば戦力のアップにもつながる。

「だが、問題は……この戦場こそが、原作の始まりであり、裏切り者のせいで敗北する戦場なんだよな……しかも、主人公までいやがる……」

主人公とヒロインはこの敗北を糧《かて》に色々と頑張るのだが、正直それはどうでもいい。問題は主人公がシュバルツを敵視しているであろうということだ。そりゃあ姉代わりのローザを無理やり自分の所に連れて行ったんだからな。憎まれても仕方がないだろう。

「まあ、今はそんなことを考えても仕方がない」

考えが一区切りしたところでちょうど扉がノックされて、ローザがやってきた。

「シュバルツ様、砦へは誰を連れて行くのでしょうか？　まさか、お一人で行くつもりではありませんよね」

「ああ、もちろんだ。俺だけだと大して活躍できない可能性があるからな。グリュンにも声をかけて了解をもらっているよ」

「なるほど……そうなのですね、流石はシュバルツ様です」

褒め言葉を放つローザだが、なぜかその目は不満そうである。ん？　まさか……。

「ちなみにローザがついてくることはもう、決定事項だからな。俺達はもう一心同体なんだ」

「……うふふ、もちろんです。シュバルツ様」

一瞬にして満面の笑みになった。あぶねえ、これで置いていくって言ったらどうなっていたかちょっと怖い。個人的には主人公と彼女が今の時点で会ったらどうなるかが不安要素だが、彼女にいてもらわねば俺の呪いがやばい。

それに……呪いを抜きにしても彼女には傍にいてほしいと思っている俺がいる。

「ローザ……これから行く戦場はこの前よりも危険かもしれない。何かあったら俺が守る。だから安心をしてくれ」

「シュバルツ様はお優しいんですね……自分だって怖いはずなのに……」

ローザは大切なものを扱うようにして俺の手を撫でる。そして、そのまま自分の胸へと俺の手を招き少しうるんだ瞳で、恥ずかしそうにこう言った。

「その……不安になった男性は女性の胸に触ると精神的に落ち着くと聞いたことがあります……どうでしょうか？」

うおおおお、リアル『大丈夫？　おっぱいもむ』だぁぁぁ。そして、もちろん俺は、躊躇《ちゅうちょ》しない。柔らかい胸を揉むと「あ……♡」と艶めかしい声をだして、恥ずかしそうに顔を逸らす。

「シュバルツ様……サキュバスの呪いも不安ですし、もうちょっとスキンシップをしましょうか？」

「ああ、ローザはすっかりエッチになったな……」

「私をこうしたのはシュバルツ様ですよ……♡」

ローザが羞恥《しゅうち》で顔を真っ赤にしながらもエッチなお誘いをしてくる。以前まではそういうことに興味がなかった彼女の変化に妙な達成感を覚え耳を軽くなめると甘い声をだして悶《もだ》える。なんだこの妙な征服感と愛おしさは!!

まあ、昨日もイチャイチャしたから、サキュバスの呪いは落ち着いているんだが、それは言わぬが花だろう。そうして、俺達は一緒にベッドに入って愛を確かめ合った。

◆　◆　◆

北方の砦へと馬車で向かっていると難民たちの姿が目に入った。わざわざ住んでいるところを捨てるということは戦況の悪さを表しているようだ。

まあ、原作でも負けるしな……それに、わざわざ国境を治めている領主を呼び寄せるくらいだ。相当切羽詰《せっぱ》まっているのだろう。

バルト領から一日半馬車を走らせてようやく、北の砦にたどり着いた。立派な城門に囲まれた街に天高くそびえる城が見える。

俺は王の印が押された手紙を掲げながら衛兵に声をかける。

「シュバルツ＝バルトだ。王の勅命を受けてやってきた。指揮官と話したい」

「は、今すぐご案内いたします」

前もって話は通っていたのだろう。俺達はそのまま、城壁の中の城へと案内された。本来は客を招待するための部屋なのだろう、やたら豪華《ごうか》な彫刻が施された家具などを見るかぎりかなり金がかかっているようだ。ちなみにアモンのやつは先に部屋で休んでもらっている。ペットを持って挨拶には行けないからな。

こちらを出迎えたのは三人。その中のでっぷりと太った、まるでシュバルツがそのまま年を取ったような男が口を開く。

「ふむ、お前がシュバルツか……女ばかりつれてきおって、噂通りのようだな。私はこの砦の指揮官を任されているゲヘナである。そして、こちらが兵の指揮を行っているシルト将軍、そして……」

ゲヘナが羨ましそうにローザとグリュンを厭らしく見つめ、傍らの筋肉隆々の男を紹介していると、もう一人が前に出てこちらに微笑んだ。

「私はリラと申します。シュバルツ殿は、魔眼と優秀な部下の力によって帝国の侵略を防いだとか……今回もそのお力を借りれればと思います」

礼儀正しくお辞儀《じぎ》をするリラという金髪の少女は原作のヒロインである。剣術が得意で『戦姫《せんき》』と呼ばれている第三王女だ。彼女は真の意味で国を憂《うれ》いているのだが、腐った王族ばかりのこの国で、貧乏くじを引かされて、最前線へと送られているのである。

糸のような美しい金色の髪の毛に、エメラルドのような煌《きら》びやかな瞳、彫刻のようにに美しい顔立ちに、どこか優しさを感じされる笑顔がなんとも魅力的である。まあ、俺の考えた理想のヒロイン像だから当たり前……。

「いってぇ!!」

突然背中の肉を摑まれ痛みを感じると、グリュンが「何、厭らしい目で見てるのよ」とばかりに睨んでいる。ローザはというと俺を見て微笑んでいるのに一切目が笑ってないいんだけど……こわいよぉぉぉぉ。

「あの名君と名高いゲヘナ様に、我が国最強の将軍と謳《うた》われるシルト様、そして、『戦姫』と呼ばれるリラ様と共に戦えるとは光栄です。我が力必ずや役立ててみせましょう」

「ふん、最低限の世辞《せじ》は使えるようだな。まあいい、貴様には副司令官の任を与えようと王から勅命を受けている。感謝するんだな」

「はっ!!　ありがたき幸せ」

見え透いたお世辞にニヤリとしたゲヘナの言葉に俺は感謝の言葉を返す。シルト将軍は……興味なさそうにしているのが見える。まあ、悪徳領主にすぎない俺が仲間になったところで……と思っているのだろう。これから戦場で俺の力を見せれば変わるだろうと思っていると、にやりとゲヘナが笑ったのに気づく。

「だがな、貴公の副司令官着任をよく思わない者もいるのだ。その魔眼の力を見せてもらいたい」

「ゲヘナ殿、シュバルツ殿はわざわざ王命で来てくださったのですよ。それを試すなんて失礼だと反対したはずです。シルト将軍もなんとか言ってください!!」

「私も今回の件に関してはゲヘナ殿に賛成だ。戦力として数えられるかどうか見極めたい」

「そんな……」

それまで興味なさそうにしていたシルト将軍が重い口を開く。彼は戦狂いと有名だ。俺が副指令かなどはどうでもいいのだろう。ただ、本当に俺が使えるかを知りたいだけなのだろう。

それにしても、シュバルツの悪評はよほどらしい。先日の功績も偽《いつわ》りと思われているってことか……だったら簡単だ。その実力を示してやればいい。

「あんたらね!!　シュバルツはわざわざ呼ばれて……」

「グリュン、怒ってくれてありがとう。だけどお前は知っているはずだ。俺の力が本物だっていうことをな」

俺の代わりに怒ってくれた彼女にお礼を言ってなだめる。相手は大貴族である。冒険者の彼女はあまりわからないかもしれないが、多少は失礼なことをされても文句を言うわけにはいかないのだ。

その点、教会で働いていたローザは流石に落ち着いていてくれて……。

ひぃ!!

珍しく無表情でゲヘナを睨んでいる。こわいよぉぉぉぉ。彼女たちの殺意に気づかれる前に俺は急いで話を進める。

「皆様の意見ももっともです。私の魔眼の力をお見せしましょう。リラ様。お優しい言葉ありがとうございます。ですが、私としても自分の立ち位置をはっきりとしておきたかったので、問題はありません」

「シュバルツ殿……お優しいのですね。ですが……」

「話はまとまりましたな。では訓練場に私の部下を手配しておきましょう」

リラが何かを言いたげにしているのを遮るようにして、ゲヘナが厭らしい笑みをうかべて言った。俺が受けた意味は二つある。シルト将軍は愛国心にあふれており戦いに勝つことに真剣だ。俺の実力を見せて、彼の評価をあげておけばここでの立ち回りに役立つだろうということと、あとは、なめられっぱなしというのは単にむかつくからだ。

こいつらがこの調子ならば他の貴族も同様だろう。だったら目にもの見せてやる

ぜ‼

「では、訓練場へと向かいますぞ。シュバルツ殿……貴公の腕前見せてもらいますぞ」

そうして、俺達は訓練場へと向かう。扉の外には彼らの護衛らしき人間が待機しており、そのうちの一人がローザを見て信じられないという表情で声を上げた。

「ローザ義姉《ねえ》さん⁉」

「リヒト……？　どうしてここに？」

護衛の青年とローザはお互い信じられないとばかりに見つめ合う。そして、彼は俺に視線を移すと憎悪に満ちた目で呪詛《じゅそ》でも吐くかのように俺の名を口にした。

「お前は……シュバルツか……」

それも無理はないだろう。だって彼は原作の主人公であり、ローザを俺によって奪われた張本人なのだから……。

◆　◆　◆

まずいまずい、どうすればいい？　あの後、リラの制止で正気に戻ったリヒトだったが、何やら話があるとのことでローザとどこかに行ってしまったのだ。

リラは止めようとしてくれたのだが、ローザが了承したため二人はこの場にはいない。

そして、いきなりのことに俺は焦っていた。このまま魔眼を使って、サキュバスの呪いが耐えられなかったらどうしよう？　前もって使うと決めているからしばらくは我慢できるだろうが、それも半日が限界だろう。それに……何よりも、ローザが帰ってこなかったらどうしよう……そんなことを考えていると俺の手を何か暖かいものが包む。

「安心しなさい。ローザは帰ってくるわよ。それに今は私がいるでしょう？」

「グリュン……ありがとう。いざとなったら力を借りるかもしれない」

「いいわよ……あんたには借りがあるもの」

いつものようにツンとしてはいるものの優しい言葉をかけてくれる彼女に感謝しながら、俺は訓練場の方へと向かう。そうだ。ローザが近くにいないことだってこれからあるのだ。いちいちテンパっているわけにはいかない。最悪、今のグリュンならサキュバスの呪いについて説明すればわかってくれるだろう。

目的地につくと、そこは小さいコロシアムのようになっており、俺達を見物に来た貴族や兵士たちが並んでいた。

「なんというか……見世物《みせもの》になった気分ね」

「まあ、いきなり来た俺が副指揮官になったのが気に食わないやつや、悪い噂のせいで、嫌っているやつがたくさんいるってことだろうな。俺を見にきたって言うよりも、俺がやられるのを見にきたって感じだな」

様々な感情の込められた視線で見つめられて、俺は苦笑しながら答える。貴族からしたらいきなり出世して割り込んできた俺は憎いだろうし、兵士からしても、女好きのクソ領主になんて忠誠を誓いたくはないってことであろう。今もグリュンと仲良く手を握っているしな……。

俺の味方っぽいのは心配そうに見つめているリラと、純粋に実力を測ろうとしているシルト将軍くらいか……。

「それではバルトの英雄シュバルツ殿の魔眼の実力を見せてもらおう‼」

ゲヘナの言葉で訓練場に歓声が響き渡る。あ、これは俺がどうなるか金を賭けているやつまでいるな……聞こえてくる声に思わず苦笑する。

「シュバルツ……」

「大丈夫だよ。貴族も兵士たちも俺の実力で黙らせてやるさ」

心配しているグリュンに笑顔で答えると、俺はそのままゲヘナが手招きする場所まで向かう。

「彼らは我が砦でも優秀な魔法の使い手だ。怪我はさせないように命じているが万が一のことがあったらすぐに治療をできるようプリーストも待機しているので安心したまえ」

ゲヘナの手の者なのか、三人の魔法使いはにやにやと俺を馬鹿にするように見つめてくる。さて、やるか!!　と気合を入れていると、ゲヘナが耳元で囁く。

「君も着任早々怪我はしたくないだろう？　あのプリーストか魔法使いを一晩貸しなさい。そうすれば君を本当の英雄にしてあげよう。どうせ、愛人なのだろう？　どうするのが正しいか賢い君ならばわかるはずだ」

下卑た笑みを浮かべている彼の言葉を一瞬理解できずに俺は言葉を失った。こいつ……俺だけじゃなくてローザたちまで侮辱しやがったな。

「流石はお優しいゲヘナ様です。ですが、彼女たちは私の大切な仲間なのでそのようなことは強要できません。それに、私は自力で英雄になってみせますよ」

「なっ……」

俺の言葉にゲヘナは怒りでカーッと顔を赤くして自分の席へと戻っていった。その時、手で何かの合図をしたのを俺は見逃さない。ああ、これで本気でくるな……。

正面の魔法使いたちから感じる殺気に俺は思わず笑みを浮かべた。

「では、はじめよ!!」

「炎の渦よ、我が敵を焼き払え!!」

「氷の蔓よ、我が敵を絡めとれ!!」

「風の刃よ、我が敵を切り刻め!!」

三種類の魔法が同時に俺を襲う。ゲヘナの優秀な部下というのは嘘ではなかったらしく、その練度は高い。

だが、それだけだ。魔力の量はグリュンには及ばないし、そもそも俺にとってこんな魔法は敵でもなんでもない。

「因果を見極め、我がものとせよ!!」

俺の眼が魔力を捉え、炎の渦が、氷の蔓が、風の刃が空中で絡まり合って爆散した。

「うおおおお、すげえええーーー!!　複数の属性の魔法を同時にだって!?」

「なんだ、あれ。これが魔眼なのか!!」

「な……」

先ほどまでのバカにした雰囲気はどこにいったやら、歓声が響く。ゲヘナが悔しそうに顔を歪ませているのを見て、胸の内がスッとするのを感じた。

そして、俺が観客たちに手を振っていると、観客の一人から殺気と共に魔力の流れを感じる。

「風の刃よ、我が敵を刻め‼」

明らかに殺すための魔法が放たれる。こいつはなんだ？　俺は状況がわからないまま咄嗟に魔眼を使い、そのまま相手の魔法を逆噴射させて敵を切り刻んだ。

その状況に周りがざわつくなか、シルト将軍が澄み渡る声で命令を下す。

「貴様なんのつもりだ⁉　捕らえよ‼」

訓練場は大騒ぎになる。敵の密偵だろうか？　そういえばここは敵軍の裏切り者がいるのだ。思ったよりも厄介《やっかい》だった俺をこの状況で殺そうとしたのだろうか？

だけど、そんなことはどうでもいい。サキュバスの呪いが発動し、女性の体を求めてきやがった。

◆　◆　◆

騒動の中、グリュンに連れられて自室に戻った俺は必死に渇きを抑えていた。咄嗟に魔眼を使ったからだろう、サキュバスの呪いがやばい……今、かろうじて耐えられているのは、グリュンが肩を貸してくれているため、抱き着くような形になっているからにすぎない。

「グリュン……ローザを急いで呼んできてくれ。ちょっと気分が悪くてさ……治療をしてもらわないと……」

弱々しい声で訴えると俺の顔がローザよりは小ぶりだが柔らかいものに包まれる。ローザと違う柑橘系《かんきつけい》の健《すこ》やかな匂いが俺を襲う。

グリュンが俺を抱きしめているのだ。これは一体……？

「一体何を……」

「あんたの呪いのことはローザから聞いてるわ……サキュバスの呪いが本当は治っていないいんでしょう？」

「そういうことか……悪い……助かる」

ローザがあっさりと俺の元から離れた理由がわかった。グリュンに話は通っていたんだな……。

「あんたにはリッドを助けてもらったし、まあ……いやじゃないから触るくらいならいいわよ」

気遣うような言葉と態度に俺の心が楽になっていく。ローザといい、グリュンといい俺の周りの女性はなんでこんなにも優しいんだろうな。

そのまま俺は彼女の胸元に顔をうずめて……そのまま軽く胸を揉む。ローザとは違う手のひらサイズがなんとも心地よい。今回は強力な魔力ではなかったからか、このくらいで徐々に落ち着いてきたので顔をあげる。

「なあ、グリュン……」

「なぁに、ローザより小さいとか言ったら殺すわよ？」

「いや、そうじゃなくてだな……」

「まだ、足りないって言うの……全く、変態ね」

もう、大丈夫だ、と言おうとして、口がふさがれる。軽いキスを済ますとグリュンは顔を真っ赤にしていた。

別にキスまでする必要はなかったとか言ったら殺されそうである。

「その……ありがとう。おかげで収まったよ」

「別にいいわよ。私の初めてをあげたんだから、じっくりと味わいなさい。まあ……また辛かったら言いなさいな」

「シュバルツ様‼　命を狙われたと言うのは本当ですか⁉」

お互い顔を真っ赤にして、見つめあっていると乱暴に扉が開かれて息を切らしたローザが入ってきて……。

「どうやらお元気そうですね、何よりです」

一切目が笑っていない状態で笑顔を浮かべてそう言った。あれ、ローザは納得してるんだよな⁉　グリュンに助けを求めるが薄情《はくじょう》にも目を逸らされてしまった。

◆　◆　◆

少し時間は遡《さかのぼ》り、ローザとリヒトは人通りの少ない通路で向かい合って再会を喜んでいた。

「ローザ義姉さん、元気そうでよかった」

「ええ、リヒトも元気そうで何よりね、今はリラ様の元で働いているの？」

「うん、あの人は俺の剣の腕前を認めてくれてさ、護衛に雇ってくれたんだよ」

シュバルツに見せた殺意はどこにいったやら、リヒトは年相応の少年らしい笑みを浮かべている。手紙のやり取りこそしていたが、こうして会うのは数年ぶりであり、お互いの表情には懐かしさと嬉しさで満たされている。

「リラ様ならば、平民だからって差別をしないであなたのことを評価してくれると思うわ。いい人に雇ってもらえたわね」

ローザも王都にいた時に何度か面識があり、リラの人となりは知っている。現にリラは王族でありながら孤児院を回って剣術を教えていたりと、平民にも優しく、民のことを想う優れた人格の人物だ。もちろん、悪い噂も聞かない。

「うん、だから、もう、ローザ義姉さんもシュバルツの元でなんか働かなくてもいいんだよ。何かあってもリラ様なら守ってくれる。あの孤児院にだって手を出させはしない。だから、俺と一緒にリラ様の元で働こう⁉」

「リヒト……ごめんなさい。それはできないわ」

「え……？」

ローザに笑顔で歩み寄ってきたリヒトの表情が固まる。そして、信じられないとばかりに、彼女を見つめる彼にゆっくりと、だけど強い口調で言った。

「私はシュバルツ様に救世主の姿を見たわ。だから、一生あの人についていくつもりよ」

「何を言っているんだ、あいつはクズで女好きの領主なんだろう？　なんであんなやっと……」

「リヒト!!」

　これまで聞いたことのないローザの大きな声にリヒトがびくりと体を震わせる。

「確かにあの人が昔はクズだったことは認めるわ。だけど、彼は変わったの。それに……あの人は私の『神託』を信じてくれた……」

「違うよ、ローザ義姉さんは騙されているんだ。極限になったらあいつだって本性《ほんしょう》を現すはずだ。それに『神託』なんて気のせいだってみんな言っていたじゃないか!!」

　その一言が決定的だった。ローザは寂しそうに顔を落として……次の言葉を告げようとした時だった。辺りが騒がしくなり誰かの声が響き渡る。

「大変だ、密偵が紛れていたぞー!!　さっき来た副指揮官が襲われたらしい」

「シュバルツ様が⁉　リヒトこの話はあとにしましょう」

「待って、ローザ義姉さん。今のは……」

　リヒトが追いすがるように声をかけるが、今の彼女には届かなかった。そして、通路には絶望をしている彼だけが残される。

　なんでだ？　姉さんと再会して、これから幸せに過ごすはずだったのに……。

自問自答すれば答えはすぐに出てくる。シュバルツだ。あいつは権力の力で自分とローザを離した。そして、いまもまたなんらかの理由で彼女を縛っているのだろう。

だったら、俺が彼女を救うのだ。

リヒトは一人怒りの炎を燃やすのだった。

「事情はちゃんとわかっているのでご安心くださいシュバルツ様」

「あ、ああ……」

俺とグリュンは衣服の乱れを直した後、三人でこれからのことを話しあっていた。ローザがその様子を微笑みながら見ていたのがちょっとこわい。

あれ？　グリュンの件はローザも承認しているんだよね？　なんでむちゃくちゃ拗ねてるの⁉　それと「くーん」とアモンが膝の上で鳴いているが、どこか楽しそうににやけているのは気のせいだろうか？

「今回のであんたの魔眼の力は証明できたと思うけど、仲間は増えそうかしら？」

「うーん、そうだなぁ……密偵の行動でうやむやになっちゃったからな……しかも、シルト将軍の部下が捕らえた時には舌を噛み切って死んでやがったから情報も得られないんだよなぁ……」

結局俺を襲った兵士の身柄はわからなかった。彼自体が冒険者上がりの志願兵だったからだ。俺もサキュバスの呪いで相手を拘束する余裕がなかったのが痛い。

「あのタイミングでシュバルツ様を襲ったってことは、魔眼が思った以上に帝国の脅威になると思ったかシュバルツ様が活躍するのを気にくわない人間の仕業《しわざ》でしょうか？」

「そうね。その上で魔眼を連続では使えないと踏んで急遽《きゅうきょ》襲うことにしたのかもしれないわ。それにしても、兵士の中に敵が交じっているなんて……」

「ああ、この調子じゃ、裏切り者がいる可能性もあるぞ……とりあえずは誰かを味方につけたいが、声をかけるのには慎重にならないとな」

シュバルツの言葉に二人が頷く。まあ、本当に裏切り者はいるんだけどな。原作の知識により首謀者《しゅぼうしゃ》はわかっているが、やつはこの砦でかなりの権力を持っている。今回ので多少は俺の評価も上がったかもしれないが元々が低すぎるのだ。そんな俺の味方をしてくれるような人間は一人しかいないのだが、彼女を仲間にするには一つ障害がある。

「私はリラ様がいいと思います。彼女は噂などには左右されずに、ちゃんとその人を見てくださる方です。今のシュバルツ様ならば喜んで仲間になっていただけるかと」

「ああ、俺もそれが一番いいと思う。だけど……」

「リヒトですね……」

「ああ……彼が俺を恨むのはもっともだしな……」

彼からしたら俺は権力の力でローザを奪った悪徳貴族である。多少有能なところを見せても憎しみが消えることはないだろう。

「……大丈夫です。リヒトは思い込みが強いところはありますが、話せばわかる子ですから。それにいざとなったら私が言い聞かせます」

「ローザが言うなら信じるよ。じゃあ、リラを仲間にする方向でいこう」

彼女の意見に賛成すると、嬉しそうに微笑む。くっそ可愛いな。おい。

「リラを仲間にするのはいいけど……どうやって近づくのよ。いきなり帝国が攻めてくれれば私たちの力を見せれるけど、そううまくはいかないでしょう？」

「ああ。それについてはちょっと考えがあるんだ」

難しい顔をするグリュンに俺は得意げに答える。せっかくの原作者知識を使うチヤンスだ。これをものにしないとな。

◆　◆　◆

砦の城下町で俺とグリュンはフードを被ってとある人物の後をつけていた。

「なんか不審者になった気分ね……」

「そう言うなって、これは必要なことなんだからさ。それともローザみたいに城内で情報収集の方がよかったか？」

「それはしんどいわね……息が詰まりそう」

グリュンがげんなりとした声で呻《うめ》く。ローザには城内で兵士たちの治療をしながら色々と情報を集めてもらっているのだ。前回の戦いでは俺の記憶と相違している部分があったので、それを反省して現状を把握してもらっている。

一応副指揮官ということでこれまでは報告書はもらっているが貴族共が盛《も》った内容よりも生の声の方が信用できるからな。

「大体、あんたは私がいないと相手が魔法を使わなかった時、どうするのよ」

「グリュンに教わったから魔法が使えるようになっただろ。多少は戦えるさ」

「うーん、確かにあんたの魔眼ってすごいわよね……見ただけで使えるんですもの。でも、まだ無駄が多いわ。過信はしない方がいいわよ」

俺の反論に彼女が微妙そうな顔をした。そう、俺の場合は魔眼で制御し、腕輪で魔力を上げているのだが、どうも無駄が多いらしい。これに関しては、地道に経験を積むしかないそうだ。

まあ、元々の世界では魔法という存在自体が無かったのだから仕方ない。今の俺は説明書を読んで操作方法は知っているが、実際使った回数が少なすぎるので使いこなせていないといったところか……今後も体力作りと魔法の訓練は継続しないといけないだろう。

「ほら、動いたわよ。それにしても、第三王女様が見回りなんてね」

「ああ、そこがリラの偉いところなんだよな。普通はそんなことは兵士に任せるからな」

グリュンが見つめている方を向くと、ちょうど店主と会話が終わったらしきリラとその護衛のリヒトがお店から出てきた。

そう、俺達がつけているのはリラである。彼女は原作通りならばここで暗殺者に襲われるのだ。護衛の少ない見回りの時間は彼らにとってちょうどいいタイミングだろう。

本来だったらリラとリヒトの絆《きずな》が深まるイベントなのだが利用させてもらうとしよう。

「ひったくりよぉぉぉぉ!!」

リラとリヒトが談笑しながら、歩いている時だった。彼女たちの目の前で荷物の入った籠《かご》を女性が男に奪われているのが見えた。

「リヒト!!」

「はい、お任せを!!」

リラの命令でリヒトが威勢よく走り出す。ああ、そうだ。ここまでは原作通り……そして、その後の結果を知っている俺がやることは一つだ。

「大丈夫ですか？　今、私の部下が荷物を取り返しますのでご安心を……」

「ああ、ありがとうございます……そんな風に隙を見せてくれて!!」

咄嗟のことだったのだろう、駆け寄った女性が仕込んでいたナイフで斬りかかったのをリラが瞬時に鞘《さや》で叩いて、弾き飛ばす。

流石は「戦姫」つええ!!　しかし、奇襲の失敗を悟った女は胸元から球体の物を取り出して、その中から魔力の炎があふれ出し女ごとリラを襲う……本来ならばそれが原因でリラは負傷《ふしょう》してしまうのだが、俺がいる以上そんなことはさせない。

「因果を見極め、我がものとせよ!!」

「なっ!?」

俺の魔眼が球体から放たれる魔力を支配し、そのまま炎は天へと舞って爆発した。

突然のことに驚愕の声を上げたのはリラか襲撃者の女のどちらだっただろうか?

先に正気に戻ったのはリラだった。彼女は即座に鞘で女の顎を叩いて気絶させる。

そして、ここからが本番である。

「シュバルツ殿、助かりました。まさかこんな白昼《はくちゅう》堂々と自爆覚悟で私を殺そうとしてくるとは……」

「いえいえ、我が国の宝石ともいえるリラ様が無事でよかったです。お力になれて光栄です」

俺がきざっぽいセリフを吐くと、隣のグリュンがなんだこいつ? みたいな顔で見つめてくるが気にはしてられない。

少しでも外面《そとづら》をよくしてリラの好感度を稼ぐのだ。

「しかし、先ほどの襲撃者といい、敵兵がかなり紛《まぎ》れているようです。今後はリラ様もあまり外出はしない方がいいかもしれません」

「いえ、そうとも限りません。おそらく兄の手の者の可能性もあります……今は国の危機で、王位継承を争っている場合ではないというのに……」

襲撃者を睨みながら、リラは悲しそうに唇を噛む。まあ、彼女がそう考えるのも無理もない。第三王女だけあって王位継承権もある。前線で死んだなら敵兵のせいにもできるからな。

定期的にこういう嫌がらせをされていたのかもしれないな。真面目な人間が損をするのは前世のブラック企業を思い出して不快だ。だからだろう、自然と言葉が出てきた。

「リラ様はおつらい立場のようですね……幸い私はどこの王族の派閥《はばつ》にも入っていません。何かあったら遠慮なく言ってください。お力になれると思います」

「ですが……」

「これはお礼ですよ。私がここに来た時にあなただけは味方をしてくださった。孤独な中で救われたらその人の味方をしたくなるというのは当然でしょう？」

「シュバルツ殿……やはり、噂は当てになりませんね。あなたは恩を恩として返そうとしてくれる素晴らしい方のようですね」

うわぁ……こいつよく口が回るわね……。

呆れた様子のグリュンをよそに、リラが嬉しそうに微笑む。その瞳には確かに、信頼の色が芽生えていると思う。ふははは、原作ではシュバルツはごみのような目で見られるのだが、今はどうだ？　俺の計画通りだぜ。

このままうまくいけばと思っていた時だった。ひったくり犯を捕らえたリヒトが戻ってきて、俺の存在を見つけるとすさまじい勢いで駆け寄ってきた。

「シュバルツ!!　リラ様になんの用だ。どうせ変なことをするつもりだろう!!」

「ぐぅ……」

流石は主人公というべきか、俺の身体能力では一切反応できずに胸倉を掴まれた。くっそ、確かに思い込みが強いやつだが、ここまで話を聞かないのかよ。

「ちょっと、あんた何を……」

「リヒト、何をやっているのですか!?　シュバルツ殿は私を敵の襲撃から助けてくださったのですよ!!」

グリュンの声を遮り、リラが大声を張り上げて、俺とリヒトを引き剝がす。そして、彼女はリヒトを俺から守るように抱きかかえるようにして引っ張った。

その結果彼女の体が俺を抱きしめるようになってしまい、柔らかい胸と甘い匂いが俺を刺激する。

やばい……。

と思った時にはもう遅かった。リヒトにいきなり喧嘩《けんか》を売られたショックもあり、精神が乱れていた俺はサキュバスの呪いの欲求に従っていた。

「ちょっとシュバルツ殿……あ♡」

俺のローザとのイチャイチャで無駄に鍛えられたエッチスキルによって、胸を揉まれたリラが艶めかしい声を上げる。ローザとグリュンの中間くらいの手のひらからあまるサイズの胸がなんとも心地よい。

「貴様何をやっている‼」

「本当に何をやってんのよ、あんたは‼」

「ぐはぁ⁉」

グリュンに杖で尻を叩かれて俺が悶えていると、リヒトが俺を親の仇《かたき》でも見るように睨みつけていた。

やべえ、ついやってしまった……。

先ほどの行動で正気に戻った俺は恐る恐るリラを見るが……。

「胸を揉まれた……しかも、男性に……」

俺と顔を真っ赤にして逸らされた。おわったぁぁぁぁぁぁ。やべえ、これで俺を味方するやつがいなくなったぁぁぁ!!

◆◆◆

「あの人は一体何者なのでしょうか?」

暗殺者の襲撃を退《しりぞ》け、シュバルツたちと別れたリラは窓を眺めながら独り言を呟く。彼女の頭にあるのはもちろんシュバルツ＝バルトという男だった。

彼の悪い噂は聞いていた。女好きの無能領主と……だが、ここに来て見せた魔眼の力は本物だったし、会話をしていたかぎり頭の回転が悪い人間とは思えなかった。

「だからこそ、なぜ、あんなタイミングで私にあんなことをしたのでしょうか……?」

彼女とて『戦姫』などと言われているが第三王女として戦いだけではなく、貴族たちの社交の場で頭を使ってやりあってもいる。だからこそシュバルツの行動が理解できなかった。

仮にシュバルツが噂通りの女好きでリラの体が目当てだというのならばもっと信頼させてからの方が有効なはずである。

「リラ様……やはりあの男はクズでしたね。だから言ったでしょう。あんな男とは関わらない方がいいと、もちろん仲間になんてもってのほかです」

「リヒト……」

先ほど捕らえた暗殺者を兵士に引き渡し戻ってきたリヒトが憎々し気に言った。

彼とシュバルツの因縁《いんねん》はリラも知っていた。だが、少し話した感じでもリヒトが話していたシュバルツの印象とだいぶ違うことが引っかかる。

そして、何よりもリヒトいわく無理やり連れていかれたはずのローザが彼を見つめる瞳は、信頼した愛する人間に向けるまなざしな気がするのだ。

「あなたの言うこともわかります。ですが、今回の暗殺者の件で私は確信しました。このままでは私たちは負けます。敵の指揮官は六騎士の一人な上に、どこの手の者かはわかりませんが、暗殺者が紛れ込んでるようです。それに、我々は常に敵に先手を取られています。この砦には内通者がいるのでしょう。我々は帝国だけでなく、その内通者にも警戒をしなければいけないのです。今の戦力ではとてもではないですが足りません」

リラに連れ添ってくれているのは幼い時から自分を守り、共に戦ってきた信頼できる騎士たちだ。だが、それだけでは戦力が足りないのは事実なのだ。

リラ自体も『戦姫』と呼ばれるだけあり一騎当千の実力は持っているが六騎士クラスともなれば一騎打ちでは厳しい。だからこそ、六騎士の一人を破ったシュバルツには興味を持っていた。

「ですが、あんな男を仲間に加えるなんて……我々の正義はどこにいくのですか⁉」

「確かにあの人にも問題はあります。ただ、彼はここに来て日が浅い。彼が内通者を手引きしたという可能性はほぼないでしょう。それに……女好きという欠点はあっても民のことを想っているならば、私たちは手を取り合えると思いませんか？」

正直リラ自身シュバルツを測りかねているというのが事実だ。だが、彼女は王女として様々なリーダーに会ってきた。その経験から部下の目を見ればどんなリーダーなのかわかるということを知っていた。ローザやもう一人の魔法使いのグリュンという少女は彼をとても信頼しているのだ。

だから、もう少し話し合ってもいいとリラは思っているのだが……。

「あんな男に頼らなくても俺が六騎士だってやってみますよ‼」

そう言うと彼は頭を冷やすためか部屋を出て行ってしまう。確かにリヒトの才能はすさまじいものだ。今はリラの方が強くても近いうちに彼女を追い抜くだろう。

そして、将来は六騎士すらも凌駕《りょうが》するかもしれない。

だが、力が必要なのは今なのだ。二人を天秤《てんびん》にかけることができずリラは大きく溜息をついて、あたりを見回して、だれもいないのを確認した彼女はこっそりと可愛らしいウサギのぬいぐるみを抱きしめる。

「ああ、モフモフ癒されます……」

柔らかい感触が感じられて、少し気が軽くなる。昔、兄に嫌がらせをされて泣いていた時に、使用人にもらったお気に入りのぬいぐるみであり、この子を抱きしめると心が落ち着くのだ。

そういえばシュバルツのペットの犬もモフモフで可愛かったななどと思う。

「私はどうすればいいと思いますか、ハーゼ？」

そして、リラはぬいぐるみに話しかけながら自分の中の考えを整理して、一つの答えを出すのだった。

五章　シュバルツと裏切り者

　翌日の朝に会議が開かれ、俺も参加させてもらう。部屋にはリラやゲヘナ、シルト将軍の他に主要な貴族たちがいる。ローザたちは外で待機をしてもらっている。

「それでは、帝国軍に大きな動きがあったのは確かなのですね？」

「はい、近いうちに進軍してくるかと思われます」

「うむ……では兵士たちに戦の準備をさせておこう」

「待ってください、その前に話し合っておかなければいけないことがあるのではないでしょうか」

　シルト将軍の一言で、会議が終わるかと思った時にリラが透き通るような声で遮る。貴族たちの注目が集まる中彼女は凛とした表情のまま続ける。

「シュバルツ殿を襲った敵兵に、先日私を襲った暗殺者、そして、前々から行われているこちらの手を読んでいるような補給部隊に対する敵の襲撃。この中に裏切り者がいるのは確実だと思います。まずはその人物を探すのが先ではないでしょうか」

ざわざわと会議室が騒がしくなるのを俺は、やはりな……という気持ちで聞いていた。ここまではリラが怪我をしていないという部分以外は原作通りなのだ。

原作ではこの後に、怪我をしたリラとリヒトが一緒に犯人捜しをするのだが……俺というイレギュラーがいることでどう変わるだろうか？

「リラ様、いくらなんでもそれは暴論では？　我々は国のために一致団結して戦っているのですよ。それを裏切り者などと……」

「そうですよ‼　我々がどんな想いでこの砦を守り続けていたか……」

貴族の一人が抗議をすると、他の連中もどんどん続ける。彼らは面倒ごとを避けたいだけの愚かな連中だ。そして、正論ばかりのリラを煙《けむ》たがっているのだ。これを機に憂《う》さ晴らしをしているのかもしれない。

そろそろ、手助けをするかと俺が割って入る前に意外な人物が口を開いた。

「確かに……リラ様の言葉ももっともですな」

この砦の指揮官であるゲヘナが同調したことによって、それまで騒がしかった貴族たちも口をつぐむ。リラもこれは予想外だったのか、驚いた顔で彼を見つめていた。

そして、ゲヘナがこちらを見てにやりと笑った気がした。

「一番怪《あや》しいのはシュバルツ殿でしょうな。彼が来てから敵兵はその姿を現し始めました。最初の襲撃の時も、リラ様の暗殺未遂の時も現場にいたのでしょう？」

「ゲヘナ様、それは流石に暴論ですよ。そもそも私はいきなり襲撃をされたのですよ!!」

流石に黙っていられずに反論すると、彼は待っていましたとばかりにニヤリと笑った。

「そう、それこそがシュバルツ殿の作戦では？　自分が襲われたことによって、犯人は別にいると思わせる……現に襲撃者は口を割る前に死んでいましたからなぁ」

「ゲヘナ殿、確かに私は裏切り者がいるとは言いましたが、シュバルツ殿は私を守ってくれたのです。それを疑うのはどうかと思います」

リラが庇ってくれるが周りの反応は芳《かんば》しくない。ここはアウェーで相手は権力者だ。彼ら貴族は元々俺を気に入らなかったこともあってか、疑いの目で見つめてやがる。感情論では他の連中を説得させることは難しいだろう。

まあいい……俺は本当の裏切り者を知っているしな。あとはその情報をどう使うかだ。

「ふむ、ですが、それが自演の可能性は？　リヒト君だったかな？　砦でならともかく、たまたまリラ様が城下町にいたタイミングに暗殺者に襲われ、たまたまそこにいたシュバルツ殿に助けられる……おかしいとは思わないかね」

急に話を振られたリヒトは一瞬驚いた顔をして、俺と、その隣のローザを見つめると、暗い目で唸《うな》った。その様子に俺は嫌な予感を覚えた。

リヒトは元の性格から思い込みが強い。それがよい方向に転《ころ》べば強力な力になるが……俺を憎んだ状態で、疑う理由を与えたら……。

「確かにあそこにシュバルツ……様がいるのはおかしいですね、俺達が定期的に城下町の巡回をしているのは周知の事実でしたが、何がなんでもタイミングがよすぎます。まるで襲われるのを知っていたかのようだ」

「リヒト‼　なんていうことを言うのですか⁉」

淡々と自分の考えを言うリヒトにリラが驚きの声を上げて、ゲヘナがにやりと笑った。まあ、確かに俺はリラが襲われるのを知っていたのは事実なんだよな……。

だが、俺が原作者だから知っていたんだとか言っても信じてはもらえないだろうし、頭のおかしいやつ扱いをされるだけだろう。

だから、俺は別の視点で反撃をする。

「ですが、私が来る前から敵の作戦はばれていたんでしょう？　それならば私が裏切り者というのはおかしいですよね？」

「ふん、それは単に帝国軍が我らより上手だったのでは？」

「ゲヘナ指揮官。それは我らが弱いと申されるのかな？」

「いや……そういうわけでは……」

それまで押し黙っていたシルト将軍が重い口を開いてじろりとゲヘナを睨みつけると、その圧力に負けたのか彼の表情が一瞬固まる。

今がチャンスだな。ガンガンいくぜ。

「それにです。私がここに来るのは王の命令ですよ。これを予想するのは難しいかと……」

「だが、貴様が怪しいのは事実だろう。ならば、今回の戦いの最中はシュバルツ殿を牢屋に入れて、様子を見るのはどうですかな？　それで作戦がばれなければ無罪は証明できると思いますよ」

ゲヘナの言葉に貴族たちがどうしようとばかりに、周りの様子をうかがいあう。

俺が裏切り者という証拠もないが無罪だという証拠もない。かといってゲヘナを敵に回すわけには……といったところか。

だが、これではまずい。今回の戦いで原作ではこの砦は落とされるのだ。次回なんてない。

「ゲヘナ殿、それは流石に無茶苦茶です。ちゃんとした証拠もないのに、副指令のシュバルツ殿を軟禁するなどと……」

「ならばリラ様は何かあった時に責任をとれるというのですかな？」

ゲヘナの言葉に、一瞬悩んだように俺を見つめ……強い意志を持った目で頷いた。

「はい、私はシュバルツ殿を信じます。彼が何かをした時は責任をとりましょう」

「リラ様⁉」

今度はリヒトが驚きの声を上げた。だが、これはチャンスだ。彼女の信頼もゲットしてみせよう。

「ありがとうございます。リラ様。そして、ゲヘナ様……私に裏切り者探しをするチャンスをください。もちろん、リラ様の監視の下で構いません」

「シュバルツ殿ならば裏切り者を見つけることができると？」

「はい、自分の無実を晴らすために必ずや突き止めて見せます。もしも見つけることができなければ牢屋に入れてもらっても構いません」

「そこまで言うならばいいだろう。皆も異論はないな？」

「シュバルツ殿……」

心配そうに俺を見つめるリラをよそにして、会議は終わった。本来だったらリヒトとリラが行う裏切り者探しを俺がやることになったがちょうどいい。むしろ、これを利用してやるぜ。

俺は誰にもばれないようにニヤリと笑った。

◆　◆　◆

「シュバルツ様が内通者なんて……ありえません!!　この砦を救うために来たのに……」

「ねえ、さっきの会議はなんだったのよ!!　あいつら魔法でぶっとばしてやろうかしら」

会議室から出ると外で話を聞いていたローザとグリュンが怒った口調で詰め寄ってきた。みんな白熱《はくねつ》していたし、防音機能とかはないからな、どうやら筒抜けだったようだ。

二人とも相当頭にきているのか、会議室からでる連中をすさまじい殺気で睨んでいる。

「ローザ、グリュン、俺のために怒ってくれてありがとう。まあ、仕方ないさ。王の命令でやってきたいけ好かない副指令で、評判もわるいときたもんだ。生贄《いけにえ》にはちょうどよかったんだろうよ」

原作とは違い俺という存在がいることによって本来だったらリラやリヒトにいくはずのヘイトが俺にいったようだ。原作では、みんなを疑ったリラが他の貴族たちに責められて、犯人を捜すはずだったんだよな。

そして、犯人捜しをした彼女たちは黒幕の罠に嵌《は》められ、間違った人間を裏切り者だと判断してしまいそれが敗北につながるのだが、当然俺はそんな失敗はしない。

「シュバルツ殿!! 先ほどは申し訳ありません。私の発言のせいであなたが裏切り者扱いを……」

「気にしないでください、リラ様。裏切り者の件は誰かが切り出さなければいけないことでした。流石に私に疑いの目がくるのは予想外でしたが……」

俺は苦笑しながらもリラを褒めたたえる。今の俺は彼女の保護下にあるからな。

そんなことは無いとは思うが彼女に臍《へそ》を曲げられたら大変である。

とりあえず、彼女と協力して裏切り者を追い詰めたいのだが、問題がある。それは……。

「リラ様、こいつを信用してはいけません。また油断をさせて、変なことをしようとしているに決まっています!!」

「変なこと……それは……」

やはり、この男リヒトである。彼は俺を無茶苦茶警戒した目をしながらも、リラと俺の間に割り込んできた。昨日の事を思い出したのか、リラも顔を真っ赤にして自分の胸を押さえて押し黙ってしまう。

くっそ、昨日のセクハラに関してはこいつの言うことがもっともすぎて反論できねえ……。

「リヒト……確かにあなたがシュバルツ様を嫌うのはわかります。ですが、今のシュバルツ様のいいところも見てはいただけないでしょうか?」

「ローザ義姉さん……?」

諭すようなローザにリヒトが困惑に満ちた顔をする。

「確かにシュバルツ様は女好きな上に、政治を何もしないダメな領主でした。今でも呼吸をするように女性と見たら手を出そうとするところもあります」

「うう……」

リヒトと話すローザの言葉に、サキュバスの呪いのせいとはいえ色々とやらかしたことが思い出され、思わずうめき声を上げてしまう。

「ですが、この方がバルト領を守るために戦ってくれたのも真実なんです。本来でしたら勝てるはずのない悪魔を打ち破り、敵国の奇襲を防ぎ、六騎士を倒したんです。何度も絶望的な状況になったというのに、私たちを守ってくれたんです。私は……その姿にこの国を守る救世主の姿を見ました」

「それだけじゃないわ。こいつは孤児院の子がさらわれた時に躊躇なく助けることを選んだのよ。そんな彼を……私は信用できると思うわ。確かにちょっとエッチだけど……」

ローザに続いてグリュンも俺のことを庇うように褒め称えてくれる。だけど、エッチって情報はいらなくない？

リラはそんな俺達を見て、笑顔で言った。

「お二人はシュバルツ殿を信用しているのですね。ご安心を。私もあなたのことは信用に値すると思っています。ですから共に犯人を捜しましょう」

「なんでですか……なんでみんなそいつを信用するんですか？　ローザ義姉さんだってあんなにこいつの所に行くのは嫌って言ってたじゃないかよ!!　何があったんだよ!!　こんなデブのどこがいいんだよ!!」

「リヒト……私は二度あなたにシュバルツ様を見てくれとお願いしました。それでも納得できないのは百歩譲《ゆず》っても許しましょう。でも、これ以上の悪口は許せません。お姉ちゃんは怒りました」

「ローザ？」

「義姉さん？」

俺を称賛する言葉に耐えきれずリヒトが叫んでいたが、ローザの雰囲気が変わったことに気づき、その動きがとまる。しかも、リヒトのやつ無茶苦茶冷や汗を流しているんだけど……。

そして、俺もこれまで見たことのない彼女に困惑していると、ローザはリヒトの方に無表情のまま近づいて、腕を振り上げて……。

スパァン!!

という乾いた音が響く。ローザがリヒトの尻を思いっきりひっぱたいたのだ。

「ふぁぁぁ!?　でも、この感じ懐かしい!!」

「あなたは……思い込みが激しいので!!　ちゃんと人の話を聞けと、昔から言っているでしょう!!」

まるで子供をしつけるように声をはりあげるローザに新しい一面を見つけたような気がしてちょっと不思議な気分になる。

「うわぁん、義姉ちゃんのばかーーー!!」

「あ、ちょっとリヒト!!　まだ話は終わってませんよ!!」

そして、リヒトは泣きながらそのまま駆け出して行ってしまった。なんというかリヒトとローザの関係がわかった気がする。

なんとも言えない空気の中、リラが声をあげる。

「申し訳ありません、リヒトはあなたを取り戻すことを目的に私の部下になったんです。ですが、今のあなたを見て自分のやりたかったことがわからなくなったのでしょう……色々とお見苦しいところを見せてしまいましたね、失礼します」

リラは申し訳なさそうに頭を下げるとそのままリヒトを追いかけて行った。まあ、確かにいきなり人生の目標の一つが奪われたのだ混乱もするだろう。

リヒト的には某ゲームのようにサラマンダーのほうが早い状態なのだろう。

「ローザ、その……」

「大丈夫ですよ、シュバルツ様。あの子もいつかはきっとわかってくれます。素直でいい子ですから……もう少しおちついたらシュバルツ様のいいところを色々と教えてあげようと思います」

「いや、それはやめた方がいいと思う……」

　リヒトのローザへの感情は初恋に近い。原作で彼女と合流する時はリラといい感じになっているのだが、今はＢＳＳ《僕が先に好きだったのに》な気分だろう。

　てか、ローザってもしかしたら怒らしたら無茶苦茶怖いんじゃ……。

「それで……裏切り者探しだけどどうするのかしら？　何か手はあるの？」

　ちょっと変な空気になったのをグリュンが仕切り直す。本来ならば色々と兵士に聞き込みなどをするのだが、それはこの砦の兵士たちに信用されているリラとリヒトだからこそできた技だ。俺達が聞いてもまともな返事は返ってこないだろう。

「もちろん、俺に作戦があるにきまってるだろ」

　だが、原作と変わっている所もある。だから、俺はそこを狙うのだ。

◆
◆
◆

「ふふ、全くシュバルツ様は噂通りの悪ですな、囚人で楽しもうなどとは……」

「そう言うな、真面目な貴族を演じるのはストレスがたまるんだよ。ちゃんと俺が言ったとおりに隔離《かくり》してあるんだろうな」

俺は看守《かんしゅ》に金を渡して笑い合う。薄暗くどこか湿《しめ》った空気があたりを支配している。ランプの明かりがゆらりと揺れて所々からうめき声が聞こえてくる。

「それにしてもこんなところに来ることにはなるとはね……」

「流石ですね、シュバルツ様。確かに、リラ様を狙った人ならば裏切り者を知っているかもしれません。ですが、素直に教えてくれるでしょうか？」

「くぅーん」

「なぁに、色々と方法はあるさ」

心配そうな顔をしているローザに俺は余裕をもって答える。俺達はリラを襲い自分ごとリラを殺そうとした少女の元を訪れていた。

看守にこっそりと金を渡して捕えた時に死んだと報告させ、隔離し捕虜にしてもらっていたのだ。あのままでは裏切り者によって、口をふうじるために殺されていたかもしれないからな。

「今回ばかりは俺の悪名にも感謝だな。俺が囚人を楽しむって言ったら信じやがったぜ」

「そうね、街中でリラ様の胸を揉んだことも説得力が増したんじゃないかしら」

「あれは違うってわかっているだろ‼　呪いで仕方なかったんだって‼　なあ、ローザ……」

「そうですね、シュバルツ様は女性ならば、誰でもいいようですからね」

「ローザ⁉」

ローザに助けを求めるが彼女はツンとした様子で、顔を逸らした。え？　もしかして、無茶苦茶怒っている⁉

どうしようかあたふたしていると、彼女はクスリと笑った。

「冗談ですよ。呪いのことは知っていますから。でも……あんまりいろんな人にエッチなことをしてはいけませんからね」

「あ、ああ、なるべく気を付けるよ」

「いや、絶対気を付けなさいよ……今回だって、そのせいで面倒なことになったんだから……」

そんなやり取りをしながら、俺達は牢屋の前にたどり着いた。ここは犯罪者よりも戦いで捕らえた兵士などを収容しているからか、みんな俺を殺気に満ちた視線で見つめてくる。

「……」

普段こんな負の感情で見つめられたことはないだろうローザたちを守るように割り込んで、彼らの視線から遮断《しゃだん》する。

「なんというか、雰囲気が悪いわね」

「まあ、いつ殺されるかもわからないんだ。こいつらも精神がギリギリなんだろうよ」

俺の言葉に捕虜の敵兵どもがじろりと睨むが、ブラック企業でごみを見るような目で見つめられ続けていた俺からすれば恐怖でもなんでもない。あの時の方がしんどかった……。

そして、俺達はようやく目当ての牢屋の目の前につく。鉄格子ごしに見えるのはリラと一緒に死のうとした少女だ。

「よう、元気そうで何よりだな」

「ーーー!?」

俺が鍵を開けて声をかけると、さるぐつわ越しに何かを叫びながら、彼女はすさまじい目でこちらを睨みつけてくる。

「じゃあ、ここは俺にまかせてくれ」

「くぅーん」

ローザたちには何があってもいいように、檻の外で待機してもらう。そして、何を考えているのか、アモンが俺の肩に乗ってきた。

俺が牢屋に入ると近づくなとばかりに女が「うーうー」と声を上げる。

「まあ、そうなるよな……ちょっと聞きたいことがあってな。それさえ教えてくれれば悪いようにはしない」

俺は苦笑しながら彼女のさるぐつわを外す。

「くっ、殺せ!!」

「くぅーん」

今にも噛みつきそうな様子で、少女は開口一番女騎士のようなことを言い出した。リアルくっころキタ!!　などと興奮している場合ではない。

「別に殺す気はないよ。お前だって、本当は死にたくはないのだろう」

「……うるさい」

俺の言葉に彼女は顔を逸らす。普通に考えて彼女も好きで自爆をしたわけではないだろう。捨て駒《ごま》にされたのだ忠誠心は下がっているだろう。

「ふん、任務に失敗したんだ。どうせ、私は殺される。お前らに殺されるのも味方に殺されるのも同じだ」

「なるほどな……だったらさ、今から俺が聞くことに素直に答えたら命を救ってやると言ったらどうだ？」

「どうせ、お前たちは負けるんだ。死者が私を救うことなんてできないだろう？」

俺の言葉に彼女は馬鹿にしたように唇を歪める。だが、その表情も俺の続く言葉で驚愕に変わる。

「裏切り者がいるから負けるっていうことだろう、そして、そいつは……だ」

「な、なんで……」

「このシュバルツ＝バルトをなめるなよ。俺の情報網はすごいんだよ」

「シュバルツだと……お前がか……」

俺の名前を伝えると、少女の顔が恐怖に歪む。どうやら、先の戦いで活躍した俺の名前は相手の兵士にも伝わっているらしい。まあ、敵の作戦を見抜いた俺の活躍が、より情報網をもっていると思わせるのに信憑性《しんぴょうせい》が増すだろう。

「あの女好きのクズ領主か⁉　私に何をするつもりだ‼」

「そっちかよ‼」

「くぅーん」

俺が思わず突っ込みをいれていると、アモンが今度は俺の肩から少女に飛び乗ってそのほほをなめる。すると捕虜の少女はなぜか、顔を赤らめて……熱を帯びた目でこちらを見つめているのがわかる。

え？　どうしたんだ？

「貴様……私に何を……した……」

「くぅーん」

彼女の目はまるで、サキュバスの呪いに襲われている時の俺のようにどこか苦しそうで……アモンが得意げに俺の肩に戻って鳴く。

「まさか……」

魔眼を使って魔力の流れを見ると、アモンからわずかに魔力が少女に流れているのがわかる。アモンのやつサキュバスの呪いの力を使えるのか？

そういえば俺がサキュバスの呪いに苦しめられている時にこいつがいた時があるが、俺のサキュバスの呪いを魔力として吸っていたおかげでその力を使えるようになったということか？

「くっ、苦しい……なんでも聞くから……お前の体を……」

「うおおおお？　なんかエロ漫画みたいな展開になったな!!」

本当に苦しそうな彼女の手を握ると、少しその表情が和《やわ》らいだ気がする。ああ、わかるよ……体の渇きがみたされていくんだよな。

だからこそ……俺はその手を離して彼女に質問をする。

「それで……お前らはどこに潜んでいるんだ？」

「ああ……それは……」

「言わなければずっとその渇きは癒《い》えないぞ。それに、そいつらは、お前の命をごみのようにあつかったんだ。忠誠を尽くす必要はないんじゃないか？」

俺が耳元でささやくと少女はしばらく、悩んで口を開く。

「くぅぅぅーーー、街はずれの酒場だ。そこが私たちのアジトですー!!　だから、早く触って……」

今にも耐えられないとばかりに、悲鳴を上げる彼女の手を握るとそれでは物足りないとばかりに俺を見つめてきて……これはあくまで彼女を苦しみから解放させるためだと言い聞かせて抱き寄せようとして……。

「神の奇跡よ、その呪いを打ち砕け」

背後から聞こえる言葉と共に捕虜の少女を輝きが包むとサキュバスの呪いが消え

て、そのまま気を失った。

「簡単な呪いでしたので、解呪させていただきました。それにしても流石はシュバルツ様ですね、サキュバスの呪いを逆に使えるようになったうえに、このような使い方までするなんて……」

「あ……ああ……」

背後からローザの妙に優しい声が聞こえてくるが、怖くて振り向けない。俺もお尻ぺんぺんされてしまうんだろうか。

「いや、違うんだ。これはアモンのやつがだな……」

「くぅーん？」

「シュバルツ様……流石にその言い訳はどうかと思いますよ」

「ペットがそんなことできるはずないでしょ……」

アモンのやつが可愛らしくつぶらな瞳で首をかしげるとローザとグリュンが大きく溜息をついた。くそ犬、こいつやっぱり悪魔だな!!

そして、俺は二人にジトーっとした目で見られながらも目的を達したのだった。

◆　◆　◆

「流石はシュバルツ殿ですね、もう敵の基地を見つけるなんて……私も調査はしていたのですが……」

「たまたまですよ、捕虜が快《こころよ》く話してくれましたので……これで私の無実を証明してみせます!!」

　捕虜から情報を聞き出した俺達は、リラに犯人の目星がついたと連絡して、一緒にアジトの襲撃をしに来ていた。あたりはすでにリラの配下の騎士たちが囲んでいる。彼らが逃げきることはないだろう。

　そして、ここまでは原作よりもかなり早くアジトを見つけたものの流れは大きく変わらない。

「ふん、どうせまぐれに決まって……」

「リヒト……またお話をしますか？」

「ひっ⁉」

　悪態《あくたい》をついていたリヒトだったがローザに微笑まれて情けない悲鳴を上げる。その顔がちょっと嬉しそうなのは気のせいだろうか？

　突入メンバーは俺達三人とリラにリヒトだ。そして、敵のアジトを見ると少しガタイのいい男の二人組が立ち話をしているふりをして周囲を警戒しているのが見えた。うまく偽装《ぎそう》しているが無駄だぜ。

「じゃあ、いくぞ。グリュン!!」

「任せなさい。風の刃よ、我が敵を斬り刻め!!」

「うぎゃぁ!?」

「な、なんだお前らは!!」

　風の刃が見張りの男を斬り裂く。そして、もう一人はすさまじい速さで駆け寄ったリヒトがあっさりと斬り捨てた。流石は主人公である。

　そして、俺達は乱暴に扉を開けて突入する。戦いは圧倒的だった。リラとリヒトの剣技で敵を圧倒し、グリュンの魔法とローザの法術でサポート。そして、俺の魔眼で相手の魔法を支配する。何人か逃げていったが、囲んでいる騎士たちが捕えてくれるだろう。

「どうだ、義姉さん。これが今の俺の力だよ!!」

「流石はシュバルツ様の作戦です。完璧ですね」

「あ、ああ……ありがとう」

「リヒト……その……私はちゃんと見ていましたよ」

リヒトが泣きそうな顔で見ているが、ローザは気づいていないのか、俺の方を向いてにこにこと笑っていてちょっと気まずい。

「シュバルツ殿もいい仲間をお持ちですね。後衛が不足していた私たちとは相性がいい。おかげさまで想像以上にスムーズに事が進みました」

「いえいえ、こちらこそ。リラ様やリヒトが突っ込んでくれたおかげですよ」

少し興奮した様子で目をキラキラさせながらリラが話しかけてくる。まあ、バランスがいいのは当たり前なんだよな。本来の原作のメンバーに俺がプラスされているようなものだからな……。

どうやら、俺達は彼女に信用され始めたようだ。俺としても二人の力は魅力的なんだけどな……彼女たちは主人公とメインヒロインだ。本来のサブヒロインであるローザと違い原作の強制力のようなものがあるかもしれないのだ。こうして手を貸すくらいならいいが仲間になったら彼女たちの物語に巻き込まれるかもしれない。

これからどんな関係でいるべきか悩ましいな。

「あったわよ。こんなところに隠し通路を作っているなんてね!!」

「おお、でかした。流石はグリュンだ」

「ふふん、冒険者をなめないことね」

どや顔で裏切り者とのやりとりのかかれた手紙を持ってきたグリュンを褒めると、彼女は得意げに机の上に証拠品を広げる。

「そんな……あの人が裏切り者だったなんて……」

そして、その手紙を読むと……リラは信じられないとばかりにうめき声をあげた。

◆◆◆

俺とリラは一緒にとある人物の部屋の扉の前で立ち止まって、顔を見合わせる。リラの表情には緊張の色が強い。まあ、これから裏切り者と思われる人物と話すのだ。当たり前だろう。

彼女は革袋の中に手をつっこんで何かを握りしめている。おそらくお気に入りのぬいぐるみだろう。本人はかくしているつもりなのだろうが、原作者である俺にはわかってしまい、ちょっと申し訳ない気持ちになる。

モフモフして落ち着いたのか、先ほどまでの緊張した様子がすっかり抜けたリラが口を開く。

「やはり、まだ信じられませんね。本当にあの方が裏切り者なのでしょうか？」

「それを確かめるために話すんです。物的証拠はありますが、確証はありませんからね」

「そうですね……シュバルツ殿はこんな状況でも冷静なのですね……リヒトの代わりに来てもらって正解でした。あの子もこういうのは苦手ですから」

尊敬するようにリラに見つめられるが、俺はこの後の結果を知っているため冷静なだけである。本当は俺だけで進めたかったのだが、俺の行動を見届ける義務があると言って二人で確認をすることになったのだ。

つらい仕事だというのに責任感が強い姿勢は本当に立派だと思う。

「リラです、失礼します」

「どうしたのだ。私は今回の戦争の作戦に備《そな》えるので忙しいのだが……」

ノックをして扉を開けるとシルト将軍と、その副官らしき男が二人で地図を見ながら机に向かい合っていた。二人の咎めるような視線にも負けずリラは凜とした表情で口を開く。その姿はさきほどまでの気弱そうな様子は一切ない。

「申し訳ありません。ですが、今、話し合わなければいけないことなのです」

「リラ様……お言葉ですが、明日にでもおきるかわからない戦いよりも大事なことがあるのですか？」

副官のもっともな言葉に、リラは責めるような視線でシルト将軍を見つめる。

「はい、それ以上に大事なことがあります。それはシルト将軍が一番よくわかっているかと……」

「それは一体どういうことかな？」

「申し訳ありません、ここからは大事な話ですので、副官殿には出て行ってもらってもいいでしょうか？」

今がチャンスとばかりに俺が口をはさむ。シルト将軍が一瞬逡巡《しゅんじゅん》して……副官は何かを察したかのようにして口を開いた。

「わかりました。それでは私は席を外させてもらいます」

そう言って、彼は部屋を出ていく。よかった。彼がいると話がややこしくなるからな……そして、俺は彼の気配が扉の向こうにまだあるのを確認して、リラに証拠を差し出すように促す。

「私たちがこの街に潜む密偵のアジトを見つけたのは既にご存じだと思います。そいつらが持っていた手紙にあなたの名前があったのですよ」

「なんだと……そんなはずは……」

リラが机の上に置いた手紙を信じられないとばかりに手に取る将軍。その顔は徐々に困惑に染まっていく。

そんな彼の動揺をよそにリラは鋭い視線で見つめて剣を抜く。

「残念ですが、これが証拠となります。武力で逃げようとしてもこの距離ならば私が剣を振るうのが早いですし、シュバルツ殿の前では魔法は意味をなさないことはご存じですよね」

「それは……」

「くぅーん!!」

アモンが扉の外で大きく鳴き声を上げたのが聞こえる。聞き耳を立てていた副官がどこかに行ったようだ。よし、そろそろ本当の作戦を始めなければな……頼むから原作と犯人は変わるなよと願いながら俺は口を開く。

◆　◆　◆

「帝国軍が攻めてきたぞーーー!!」

「うおおお、城門を守り抜けぇぇぇ!!　数にそこまでの差はない。まっとうに戦えば負けはしないはずだ!!」

翌朝、敵軍に大きな動きがあったと連絡があり、砦内は騒がしくなっていた。兵士たちがせわしなく動いて帝国軍の襲撃に備えている。

そして、リラたちの部下に囲まれながらローザとグリュンも城門を守りに回っていた。

「くっそ、シュバルツめ。これから戦いだってのに、リラ様を連れて行きやがって。本当に逃げているんじゃないだろうな!!」

「シュバルツ様はそのようなことをする方ではありません。この前も私たちの想像もつかない手で帝国軍を退けました。そんなことを言ってはいけませんよ。それにリラ様はあなたを信頼してここの指揮をまかせたのでしょう？　愚痴《ぐち》を言っている時間はありませんよ」

「うぐぐ……ですが、義姉さん……」

文句を言うリヒトをローザがやんわりと窘《たしな》める。そう、リラはリヒトに、シュバルツはローザに指揮を任せているのだ。ローザは彼が自分を信用してくれたというのがとても嬉しい。

周りで二人の話を聞いていた兵士たちがにやりと笑う。

「はっはっは、あの生意気なリヒトも噂のおねえちゃんの前じゃ形無《かたな》しだな」

「俺のこともお兄さんって呼んでいいんだぞ」

「う、うるさーい!! 俺の家族は義姉さんだけなんだよ!! だれがお前らを兄なんて呼ぶか!!」

気安いやり取りをするリヒトと兵士たちを見てローザはほほえましく思う。この子がこんな風に明るくなったのはリラのおかげだろう。その出会いに神に感謝し、よりこの平穏を守るために負けるわけにはいかないと気を張る。

「敵が攻めてきたぞ。魔法使いは遠距離魔法を!! バリスタの準備をしろ!!」

そして、砦は戦場となり、魔法や矢が飛び交う。怪我人たちを治療しながら、こんな時に、シュバルツがいれば安心なのに……などと彼を予想以上に頼りにしていることに気づく。

彼がなぜ戦場にいないかはわからない。だけど、彼のことだ。戦争に勝つために必要なことなのだろう。だったら、ローザにできることはここを守り抜くことである。

「リヒト大変だ。城門がおされてやがる!!」

「なんでだよ⁉　シルト将軍の部隊が担当しているんだろう。このくらいの人数は敵ではないはずだろ‼」

「それが……士気は皆無だし、指揮も無茶苦茶なんだよ……あれじゃないか？　将軍が病気になっているっていうのと関係しているんじゃないのか？」

その言葉にローザとリヒトは無言で目を合わせる。シルト将軍が裏切り者として処刑されたことは士気に関わるからと口封じをしてある。

知っているのはシュバルツたちとリヒトたち、そして、指揮官であるゲヘナだけのはず……そう疑問に思っているとグリュンが慌てた様子でやってきた。

「ローザ大変よ‼　あのことがシルト将軍の部下たちにも広まっているわ。本当に病気ならば将軍の顔を見せろって騒いでいて彼らはろくに戦ってくれないの‼」

「なっ……」

ローザには彼らの気持ちはよくわかった。シルト将軍の部下は彼と共に戦場を駆け巡り、強い信頼関係にあると聞く。ちょうどローザとシュバルツのようなものだろう。自分だって、シュバルツが裏切り者扱いされて殺されたなどと言われたら戦いどころではないだろう。

「どうすれば……」

「……俺が城門の援軍に行く!!」

「リヒト!?」

「このままじゃあ、城門が突破されるんだ。そうしたら……リラ様とシュバルツの作戦だって失敗するかもしれない。それじゃあさ……ダメだろ。何人かついて来い。英雄はたった一人で戦況を変えるという!! だったら俺がその英雄になってやるよ!!」

リヒトが声を張り上げると何人かの騎士たちが同様に手を挙げて歓声をあげる。

その姿にローザは彼に頼もしさを覚えると同時に、少し寂しさを覚えた。

ああ、彼はもう一人の男なのだ。

「リヒト、皆さん!! 私がいまできる最大限の加護を付与《ふよ》します。ですから……絶対戻ってきてくださいね!!」

「おお、バルトの聖女様の加護をもらえるなんて感激だぜ!!」

「よかったなぁ、リヒト。おねえちゃんの加護だってよ。かっこ悪いところは見せられないな」

「うるせえ!! 行ってくるよ。義姉さん」

リヒトたちが大声を張り上げながら城門を降りて敵兵と戦っているシルト将軍の

配下のサポートに回る。リヒトだけでなく、その周りの騎士たちも一騎当千の実力をもっており、戦況をわずかに押し返す。

「へえ、あの男やるじゃないの。ただの嫌味なやつってわけじゃなかったのね」

「はい、私の自慢の弟ですから。ですが……」

戦況がよくなったのも一時的だった。やはり多勢《たぜい》に無勢《ぶぜい》である。徐々に再び押し返されていく。

「仕方ないわね……私も行ってくるわ。あいつが男を見せたのに私だけここで見ているわけにはいかないでしょ。最近はシュバルツに教わって前よりも魔力の制御をできるようになってきたのよ」

「グリュンさん……？　だったら私も……」

得意げに笑う彼女についていこうとするローザをグリュンは制止する。

「シュバルツは今も何かを頑張っているんでしょう？　それなのにあんたまでここからいなくなったら、ここの指揮とシュバルツが来た時にどうするのよ」

「……わかりました。私はシュバルツ様を待ってます」

ローザにウインクをしてグリュンが馬を駆って城門の方へと向かっていく。

「シュバルツ様……信じていますから……」

そして、ローザは自分のできることを一生懸命続ける。一人でも怪我人を治療するのだ。そして、しばらく時間がたった後味方の軍から歓声が響きわたるのが聞こえた。

何がおきたかはわからない。だけど……シュバルツの作戦が成功したのだろうとローザは確信した。

◆　◆　◆

ようやく、帝国軍に動きがあったと伝令からの連絡があった。こちらの軍もそれに備えて準備をしているため砦の中はバタバタしていた。そんな中、とある一室にいる二人の人物だけが楽しそうに会話をしていた。

「はい、あの後確かにシルト将軍を、リラ様が責め立てていたのが聞こえました。おそらく手紙を証拠にシルト将軍を裏切り者と断定したのでしょうね」

「そして、拘束しようとしたところを反抗したシルト将軍をやむを得ず殺したと……申し訳なさそうにリラ様が報告してきたよ。間違いはないようだな」

シルト将軍の副官の言葉をゲヘナが続ける。裏切り者が将軍だったというのに二人の表情には驚いた様子は一切なかった。

むしろ、厭らしい表情を浮かべてゲヘナが笑った。

「ふははは、リラ様……いや、リラめまんまと私が用意した偽物の手紙に引っかかりおったな!!　『戦姫』とか呼ばれているからといって調子に乗って私に意見をしてきおって!!　あの女の顔が悔しさににじむのが楽しみだ!!」

「流石はゲヘナ様です……それでわたくしは……」

満面の笑みをうかべているゲヘナに機嫌をうかがいながら副官がおべっかを使う。

「ああ、わかっている。お前も私と同様に帝国での地位は約束されているから心配するな。ちゃんとこの手紙にはお前のことも書いてある。そのかわり士気が落ちないようにと、口止めをされている将軍の死を広めておいたのだろうな？　城壁の守りさえ破ればこの砦はすぐに攻略されるだろうからな。さっさと逃げだすぞ。まきこまれてしまってはたまらん」

「はい。もちろんです。これでこの砦も終わりでしょうな」

「ふははは、少し国の金を使ったからといって、散々尽くしてきた私をこんな最前線に左遷《させん》した上に小娘のお守《もり》をさせおって。こんな国は滅んで当然なのだ!!」

「なるほど……そういうことだったのですね」

二人の笑いは乱入者の一言によって遮られる。

「何者だ‼」

慌ててあたりを見渡す二人だが、周囲には人影はない。眉を顰《ひそ》めるだけのゲヘナとは対照的に副官が剣を抜いて、壁に向かって斬りかかるがその剣は空中で止まり、徐々に侵入者の姿があらわになる。

「くっそ。やっぱり、元の使い手と違って俺じゃあ気配までは完全に消せないな」

「ふふ、これで十分ですよ、シュバルツ殿。荒事《あらごと》は私にお任せください」

「貴様はリラとシュバルツ⁉」

なんらかの魔法で潜伏《せんぷく》していたリラとシュバルツの姿にゲヘナが驚愕の声を上げた。そして、すべて聞かれていたということに気づいて顔を真っ青にする。

なんとかしろと副官にすがるように視線を送るが、リラの手によって既に斬り捨てられていた。

「ひぃぃ、待ってくれ……これには深い事情が……」

「その手紙にちゃんと帝国とのやり取りの証拠があるんだろ？　悪いがもらうぜ」

「貴様⁉　地方領主ごときが私に何を……いてて‼」

太り気味の彼とは思えない動作でシュバルツがゲヘナの腕を掴んでそのまま関節

を極《き》める。シュバルツとて、最近は兵士と一緒に訓練をしてきたのだ。素人に後《おく》れを取るような実力ではない。

そして、痛みに顔をしかめているゲヘナにシュバルツは得意げに語る。

「なんで、俺達が潜んでいるんだっていう顔をしているな。いいことを教えてやろう。お前がそこで死んでいる副官に命じて、シルト将軍の筆跡《ひっせき》を真似させて手紙を偽装していたってことはもうばれているんだ。大方ここの守りの要《かなめ》であるシルト将軍を無効化する代わりに帝国での地位を保証してもらったってことだろう」

「ぐぐ……それは」

「リラ様、これが証拠のようです」

シュバルツは悔しさと痛みに顔をしかめているゲヘナから手紙を奪い取るとリラの方に向かって投げる。

「これは……あなたには貴族としての矜持《きょうじ》もないのですか⁉　我々貴族が日頃特権を許されているのは国が危機の時に剣となるためだというのに……あなたは自分の保身しか考えていないのですか⁉」

手紙に目をとおしていたリラがわなわなと怒りに体を震わせて、ゲヘナにつかつかとかけよる。その迫力にゲヘナだけでなく、シュバルツも小さく悲鳴を上げそうになる。

「それは……」

「黙りなさい!!　あなたには口を開く権利もありません!!」

「あのリラ様……こいつには牢獄で色々と証言をしてもらわなければいけないので……」

ゲヘナの首を掴み、今にも殴りかかりそうなリラにちょっと引きながらもシュバルツが慌てて止めると城門の方から歓声が響いてくるのがわかった。

「どうやら、いいタイミングでシルト将軍も姿を現したようですね。私たちも行きましょう」

「ええ、そうですね。シュバルツ殿。その、先ほどは取り乱して申し訳ありませんでした。頭に血がのぼってつい……」

「普段温厚なリラ様の意外な姿を見れたのでよかったですよ」

「もう、からかわないでください!!」

恥ずかしがって顔を赤らめるリラと首をしめられて気を失ったゲヘナを見て、戦姫は伊達《だて》じゃないなと思いながらシュバルツは絶対彼女を怒らせないようにしようと誓う。そして、ゲヘナを牢屋にぶち込んでから、二人は戦場へと向かう。

◆　◆　◆

急いで城門の方へと向かうと敵を周囲から囲んで各個撃退している姿が見える。

その先頭にはシルト将軍が槍を振るって戦っているのが見える。

「なんとかなったようだな……」

「シュバルツ様!!　戻ってこられたのですね。よかったです……」

「ああ、これまで前線をもたせてくれてありがとう」

戦場につくと俺を見つけたローザが駆け寄ってくる。状況を見る限りこちらはかなり優勢になっているようだ。

作戦はうまくいったようだな。

「くぅーん」

「うふふ、アモンちゃんもつれてきたのですね」

俺の肩にいるアモンを見たローザが微笑む。こいつは戦が激しくなりそうだからおいていこうとしたのだが、無理やりついてきたのだ。

「それにしても、将軍は処刑されたはずでは……なぜ前線で戦っているのでしょうか？」

「ああ、敵の裏切り者が将軍に罪をなすりつけようとしていたからな。それを利用させてもらったんだよ。登場するタイミングは将軍に任せたが大成功だったようだな」

そう、原作では将軍を誤って幽閉《ゆうへい》したことがきっかけで前線が崩壊したのだが、今回はそれをうまく利用して、敵が突っ込んできたところを一気に囲って攻めさせてもらったのだ。

計画通りにいってにやりと笑っているとローザから少し不満そうな視線を感じた。

「シュバルツ様……私にくらい作戦をおしえてくれてもよかったじゃないですか」

「悪い悪い、敵を騙すには味方からっていうだろ」

現に敵はゲヘナの情報を信じて城門の兵士の士気が壊滅的《かいめつてき》だと思い接近してきたはずだ。作戦的には問題はないはずだが、ローザ的には納得できないようでほほを膨らまして拗ねている。

「悪かったって、どうすれば機嫌を直してくれる？」

「じゃあ、頭を撫でてくれたら許します」

「そんなんでいいのか？」

彼女の頭を撫でると幸せそうににやける。なんとも可愛らしい姿と絹のような髪の手触りが心地よく俺も思わず笑みをうかべる。

「えへへ、これで回復しました。では行きましょう‼」

「ああ。それにしてもリヒトに対する態度とはずいぶんと違うんだな。随分《ずいぶん》と甘えん坊じゃないか」

「そりゃあ……弟とシュバルツ様に対する態度が同じなはずがないじゃないですか……それともこんな私はいやでしょうか？」

「いや、全然いやじゃないぞ……」

上目遣いで可愛らしいことを言うローザに思わず胸がドキドキしてしまうが、今はイチャついている場合ではない。そして、俺達は前線を目指して馬で駆ける。

「ようやく来たか‼　敵の大半はもうかたづいたぞ。くっ……義姉さんと一緒にのっているなんてずるい……」

「おお。シュバルツ殿。貴公が私の無実を証明してくれたおかげで助かった。この礼はこの戦で活躍することで示そう‼」

「シュバルツやっと来たのね……この人たち無茶をしすぎよ……」

前線で暴れまくっていたリヒトとシルト将軍が俺を見かけて声をかけてきた。グリュンは無茶苦茶疲れた顔をしているが相当振り回されたのだろう。

それにしても、シルト将軍はこれまでとは違いかなり友好的だ。現金なものだと言う人もいるかもしれないが、彼らのような戦士タイプは結果で人を判断する。噂などで最初っから嫌っている人間たちよりもかなりましである。

そして、少し遅れてやってきたリラとも合流する。

「城門の守りはもう、大丈夫そうですね」

「それではシュバルツ殿、私たちは前線の様子を見に行きましょう!! このまま敵の本陣を一気に叩きます。シルト将軍はここは任せましたよ」

「ああ、ここは我らに任せよ。何人か信用できる部下をつける。必ずや役に立つはずだ」

「「おおーー!!!」」

同じく戦場にやってきたリラが号令で彼女の部下たちと、シルト将軍の部下が歓声をあげる。相手はかなりの兵力を消費したはずだ。攻め入るならば今しかない。

原作通りならば六騎士の一人がいるはずだが、このメンバーならば負ける気はしない。

◆
◆
◆

六騎士の一人ウルガーは予想外の状況に眉をひそめていた。彼が帝国の城にいる軍師から授《さず》かった作戦では、敵軍最強のシルト将軍は味方と同士討ちか軟禁《なんきん》状態になっているはずだった。

現に内通者であるゲヘナからはシルト将軍を殺したという報告があったのだ。だが、現実は違う。シルト将軍は前線で戦っていると報告を受けている。まさかゲヘナという男は二重スパイだったのか？　そんな考えが一瞬浮かんだがすぐにかき消す。

そんなことはどうでもいいからだ。

「そもそも裏切り者なんかに頼ろうとしたのが間違いだったのだ。戦など圧倒的な戦力で押しつぶせばいいというのに……」

「ウルガー様どうしましょう？　兵力はかなり減ってしまいましたが……撤退しますか？」

この場にはいない軍師に文句を言うウルガーを見て不安そうな顔をする部下が声

をかけてきた。

「ふん、何を言っている!!　私にやられっぱなしで逃げろと言うのか!!　この程度の戦況の不利、私がいればすぐに挽回できる。それに……いざという時はこれもあるしな」

ウルガーは手首に着けられたどこか禍々しい腕輪を見つめる。この腕輪は軍師からもらったものであり、『ソロモンの腕輪』という悪魔が宿っている腕輪らしい。その力は六騎士である彼の能力をさらに高めていた。

だが、同時に部下にはそれが不吉なものにしか思えなかった。なぜなら、ウルガーはその腕輪を身に着けてから性格がかわってしまったように思えるからだ。

「相手に魔法を使わせよ。そうすれば我らの勝利は揺るがないだろう。いや……確か相手には魔眼使いがいたな……シュバルツとかいったか……そいつを利用してやろうではないか」

ウルガーはにやりと笑って戦場を見つめた。その瞳にはまだ勝利を信じて揺るがない強い感情が宿っていた。

六章　最終決戦　魔眼と悪魔

「くっそ、ローザ義姉さんにいいところを見せてやるからな。六騎士め、かかってきやがれ!!」

「リヒト、先に出すぎです!!　ああ、もう……こうなると私の言うことを聞かないんですから……仕方ありませんね。私も暴れるとしますか!!」

突出《とっしゅつ》するリヒトをリラがサポートするかのように追走する。一見無謀《むぼう》に見えるがリヒトとリラのスペックが高いためか相手をどんどんなぎ倒していく。流石は腐っても主人公とメインヒロインといったところか……。

「戦場で情報を集めておいたわ。ここを指揮しているのは六騎士のウルガーよ。敵兵力の残りはうちの三分の二ってところね」

「油断したら負けるが、順当にいけば勝てる戦力差だな。だが、撤退しないということは何かありそうだ……」

「そうですね……相手の陣地は仮のモノですし、そんなに強固ではありませんからね……」

グリュンの言葉を基に俺とローザで相手の作戦を話し合う。一般的に攻める方が不利で二倍の戦力が必要と言われているがそれはちゃんとした砦の場合だ。

敵軍は圧倒的な数を持っていたが、今回の戦いでだいぶ減らした上に、拠点も仮のものである。せいぜい木の杭《くい》などで囲われた天幕がある程度だろう。

「ウルガーは確か『剛力《ごうりき》』と呼ばれるすさまじい怪力を持つ優秀な剣士だ。だから、リラとリヒトとは相性が悪いんだよな」

実際原作では、彼らはウルガーに一矢報《むく》いることができずに、敗走することになる。それがきっかけでリヒトは自分の無力さを知り、より強くなるという敗北イベントだ。

だけど、今回はあの二人と俺達三人がいるのだ。結果は変わるはずだ。

「それなら私たちとは相性がいいわね。この前の時みたいに遠距離で魔法を使えば勝てるもの」

「ああ、そうだな……」

グリュンの言う通りなのだが、どうも何かが引っかかっているのだ。原作とは違い俺の領地を攻める時には、こちらの魔眼を対策してきたのだ。そして、俺がここにいるということも敵兵に知れ渡っているだろう。そんな魔法を使ってくださいとばかりの弱点を放置するだろうか？

帝国軍と我が軍が激突しているのが見えてきた。このまま押し切れるか？　と思った時に俺は圧倒的なまでの魔力を感じ、思わずそちらを見つめる。

「シュバルツ様、大丈夫ですか？」

「ああ……それよりも大規模魔法だと⁉　俺がいるのにか‼」

信じられないことに俺は思わず大声を張り上げてしまう。大規模魔法を支配して、相手にそのまま返した俺の魔眼は帝国でも警戒されていると思ったのだが……。

リヒトたちは大規模魔法を前に一旦撤退しようとするのが見えたので、俺は馬を走らせて大声で叫ぶ。

「リラ様、この程度の魔法ならば俺の魔眼でなんとかなります‼　そのまま伏兵に気を付けつつ攻めてください‼」

「シュバルツ殿……わかりました。あれはお任せします。皆の者このまま突込みますよ‼」

リラたちが敵兵を追撃するのを確認しながら、俺は魔眼を使うために敵の本陣を睨みつけるように見つめると背中に柔らかい感触が押し付けられる。

「シュバルツ様、遠慮はしなくて大丈夫ですからね」

「ああ、そうだな、ローザ。今はもう、魔眼を使った後の呪いがご褒美《ほうび》に見えてきたよ」

「もう、シュバルツ様ったら」

「だから……お前もみんなも絶対守ってみせる。因果を見極め、我がものとせよ!!」

俺の魔眼が相手の陣営から解き放たれる竜巻を捕らえる。大嵐《テンペスト》は巨大な竜巻を生み出す大魔法である。風の刃があたりを襲い切り裂く魔法は下手したら街の一つを壊滅状態にまで追い詰める強力な魔法だ。

だが、今の俺からしたらそんなものは大した敵ではない。先の戦いよりは強力な魔力だが、今の俺ならば制御できるし、呪いも恐れる必要はないのだから。

「くぅん。くぅん!!」

「いってぇ!!」

俺が支配した魔法を敵陣に押し返そうとすると、それまで大人しかったアモンがいきなり俺に噛みついて何かを訴えている。急にどうしたんだ？　アモンはウルガーがいるであろう方を見つめており……つられて見ると俺の眼が疼く。

これは俺が手に入れた『ソロモンの腕輪』を見た時と同じ疼きだ。

嫌な予感がした俺はテンペストをそのまま空中に浮かせてその魔力を拡散させた。人工的につくられた竜巻はそのまま空中で消えていく。

「つぅぅぅぅ!!」

「シュバルツ様……大丈夫ですか？」

ローザがぎゅーと俺をだきしめてくれるおかげで多少は楽になった。

「どうしたのよ。なんで、魔法をそのまま相手に返さなかったの!!」

「おそらくだが、相手も腕輪を持っているんだよ……」

どんな効果かはわからないが、この腕輪と同じくらい強力なアイテムなのだ。アモンの反応といい何か厄介な能力を持っていると思った方がいいだろう。

「とりあえずリラたちのサポートに行くぞ!!」

俺は嫌な予感を感じつつも馬を駆けるのだった。

戦場の最前線はすさまじい状況だった。まさしく一騎当千という言葉の通り、敵の六騎士であるウルガーが味方の兵士たちを斬り刻んでいるのだ。『剛力』の異名《いみょう》は伊達ではなく、魔力の篭《こも》った大剣を振り回して、文字通り全てをなぎ倒す。

リラやリヒトも斬りかかるが、その圧倒的なまでの力に受け流すことしかできず、攻めることができない。いや、確かにこいつは強いけどさ……ここまで一方的じゃなかっただろ……少なくとも二人が協力すればもう少しいい勝負ができるはずなのにまるで相手になっていない。

「その太った体!! 禍々しい眼!! 貴様がシュバルツだな!! あのまま大規模魔法をこちらに向けて放っていれば決着はついたというのに……よくぞ、軍師の作戦を見破ったな。貴様はこの腕輪の効果を知っていたのか？」

ウルガーはどこか狂気に囚《とら》われたまなざしで、大剣をこちらに向けて笑いかけてくる。その腕にはやはり、俺の身に着けている物と似た腕輪が着いていた。

「やっぱりその腕輪になんか仕掛けがあったのかよ!?」

「まあいい。貴様にはここで死んでもらおう。魔法使いたちよ!!」

ウルガーの言葉と共に彼の背後に控えている魔法使いたちから魔法が放たれる。

しかし、その魔法はこちらではなく、ウルガーに向かい……腕輪が怪しく光り、吸い込まれていく。

そして、彼の体が奇妙に光ったと思うと、一瞬にしてこちらに近付いてきて……。

「させるかよ‼」

ウルガーの高速移動に反応したのか、リヒトがその一撃をかろうじて受け流した。

真正面から受ければ剣ごと斬られるので正しい判断だが、それをできる技量を持つ人間はどれくらいいるだろう?

「リヒトなんで俺を庇うんだ?」

「うるせえ、お前が死んだら義姉さんが悲しむだろ‼　いいからこいつを何とかする方法を考えろよ。お前は性格はクソだが頭はいいんだろ‼」

「リヒト……ありがとうございます。神の加護よ‼」

ウルガーの攻撃に、押しつぶされそうだったリヒトがローザに治癒され立て直す。

俺は少しリヒトをみくびっていたのかもしれない。彼が止めてくれているのだ。

なんとか作戦を考えねば……というかこいつの動き、人間離れしていないか?

俺の魔眼で見つめると、ウルガーの体内から今にもあふれんばかりの魔力を感じる。魔力が体全体から腕に移動し、斬撃《ざんげき》がどんどん激しくなっていく。

「お前まさか、魔力を吸収しているのか⁉」

「うはははは、やはり貴様は警戒すべき相手のようだな。俺の腕輪の力を見抜くとは!!」

ウルガーが得意げに腕輪を掲げる。接近戦で無双できる『剛力』に、魔力を吸って力にする腕輪の組み合わせはちょっとインチキすぎだろ!!

ひたすら受け流しているリヒトの表情がどんどん険しくなっていく。

「グリュンとリラ様は後方の魔法使いを倒してくれ!! そして、ローザはひたすらリヒトのサポートを‼　これ以上は相手に魔力を与えてたまるかよ‼」

　俺はウルガー目掛けて飛んでくる魔法をひたすらに魔眼で逸らす。リラに守られたグリュンが魔法使いたちを倒していくが、リヒトがどこまでもつか……。

「義姉さんの加護で強化した俺でも勝てないのかよ!!」

「腕輪で強化された私の攻撃を防ぐとはな!! 惜しいな。少年。このまま生きていけば私と同じ六騎士第五位にはなれただろうに……」

斬りあっている二人の間に強者同士の友情みたいなものが芽生えてやがる。てか、お前も五位なのかよと内心つっこみつつウルガーの体内の魔力が移動しているのに気づく。

踏み込む時は足に、剣を振るう時には腕に……だ。ああ、そうか、こいつの魔力

だって無限じゃない。俺達が配給を絶っているのは無駄じゃなかったんだ。

そして、相手が魔力を使っているのならばチャンスはある。

「リヒト、俺の指示するタイミングで斬りかかれ!!」

「ふざけるな、なんでお前の言うことを……」

「リヒト、シュバルツ様の言うことを聞きなさい!!」

「はいぃぃぃぃぃーー!!」

「はは、何を企んでいるのだ？　まあ、好きにするがよい。お前らには勝ち目は万が一もない!!」

俺に反発したリヒトだったが、ローザの一言で途端《とたん》に大人しくなる。やはり、子供の頃からの力関係はそう簡単には変わらないようだ。

そして、ウルガーは、なんでもしろとばかり笑っていやがる。その笑みを痛みに変えてやるよ!!

「リヒト、今だ。右から斬りかかれぇぇぇ!!」

「そんな攻撃当たるものかよ!!」

ウルガーの腕に魔力が移動させようとした瞬間に俺は魔眼の力を使いその魔力を止める。余裕の表情でリヒトの攻撃を受け止めようとしたウルガーの腕は動かず彼の顔が驚愕に染まる。そのままあっさりとリヒトの剣がウルガーを斬りつける。腕輪ごと肩から腕が斬り落とされ血をまき散らす。

失った腕を押さえながらウルガーはあとずさる。

「なぜ……」

「簡単なことだよ。お前は魔力で身体能力を強化していたからな。その魔力を俺の眼で支配して、動きを止めるのに使わせてもらったんだ。まっとうに戦っていればお前が勝っていたかもな」

ウルガーの問いに俺が答える。魔眼を使ったおかげで頭が少しくらくらしたが支配した魔力自体は大した量ではない。

だけど……手強い相手だった。リヒトも剣を杖代わりにして、ローザに治療されている。俺が魔眼の使い方に気づくのが遅れていたら、負けていたのはこちらだっただろう。

「くっ……頭が……」

ウルガーが顔をしかめながら……残った右腕で頭を押さえる。

「なんだこれは……霧が晴れたような……ああ、そうか。腕輪が外れたからか……最期によい戦士に会えたな……少年。まっすぐとしたよい剣技だった。よければこの大剣は貴様が使うといい。強力な魔力の篭った至高《しこう》の剣だ」

「いいのか……？」

「よくわからん人間に使われるよりは俺の認めた人間に使われた方がこいつも本望《ほんもう》だろうよ……仮にそれが敵国の人間であってもな」

ウルガーはどこかつきもののとれたような顔をして笑った。あれ、なんか性格が変わってない？　これも腕輪の影響だったりするのだろうか？

リヒトがウルガーから大剣を受け取ろうとしたその時だった。

「つぅぅう!!」

「シュバルツ様、大丈夫ですか⁉」

俺の魔眼がいきなり強力な魔力を探知《たんち》した。ウルガーの斬り飛ばされた腕についていた腕輪が、禍々しく光ったかと思うと、腕輪の中から触手《しょくしゅ》のようなものがうごめきだす。

「少年、離れろ!!」

「な⁉」

驚愕の声を漏らしたのはリヒトとウルガーのどちらかだったか。ウルガーが咄嗟にリヒトを押し飛ばすと同時に触手がウルガーを包み込むように喰らい尽くす。

そして、その触手はやがて人の形をとって、俺達を見つめてにやりと笑った。俺はこいつがなんだか知っている……こいつは……そう、悪魔だ。

◆　◆　◆

その悪魔はまるで水着のようなレオタードを着た妖艶《ようえん》なる人型の悪魔だった。人間離れした美しい顔と、豊かで艶《つや》やかな胸元に俺が思わず生唾を飲むと、そいつはまるでこれからごちそうでも食べるかのように唇をぺろりとなめるとにこりと笑いかけてきた。その姿がなんとも蠱惑的《こわくてき》でサキュバスの呪いが活性化した気がする。

「私の名前はヴィネ。あなた面白い眼をしているわねぇ」

「シュバルツ様……」

「いや、違うんだ。今のは見惚《みほ》れていたんじゃなくてだな……」

「それは後で色々とお説教ですが、それどころではありません。空を見てください」

ローザの指さす方向を見つめると空に巨大な竜巻が発生している。先ほどの大規模魔法よりもはるかに強力な力を持っており、まだまだ巨大になっていくのが見える。この竜巻が砦を襲ったらと思うと、ゾッとする。

こいつは強力な悪魔だ。おそらく宝物庫で出会ったアモンよりも強力な……そんなやつの魔力を俺は支配できるのか……？　どうする？　どうすればいい？

「うふふ、あなたがさっき魔眼で消した魔法を再構築してみたわ。私のプレゼント気に入ってもらえたかしらぁ」

「お前がこれを作ったんだな!!」

「あらあら、私はそこの子豚さんと話しているのに、野暮《やぼ》な子ねぇ」

リヒトが斬りかかるが、ヴィネが手のひらから生み出した風によってなすすべもなく飛ばされていく。いや、リヒトだけではない。周りの兵士たちが飛ばされていき、あたりに俺とローザ。そして、ヴィネという悪魔しかいなくなっていた。

「ねえ、そこの子豚さぁん。その綺麗《きれい》な眼をくれないかしら？　そうすればあなたとその子の命は助けてあげるわよぉ」

「俺の魔眼を……？」

圧倒的な力を持つ彼女は笑顔でそう言った。その言葉はとても心地よく、俺の心に染みわたる。そうだよ。こんな強力な悪魔と戦う必要はないんだ。逃がしてくれるって言うんだったらその言葉に甘えて……俺の手が徐々に、自分の顔に手を送り、その眼をほじくり出そうとして……。

「神の奇跡よ、その呪いを打ち砕け。シュバルツ様、正気に戻ってください。悪魔が約束を守るはずがないじゃないですか⁉」

俺の体が暖かい光に包まれると同時に頭がすーっとする。まさか、この悪魔、俺に精神的な魔法でもかけていたのか？

「あらあら、つまんないわねぇ。子豚さんが魔眼を渡して絶望する姿を見たかったのに……あなた、邪魔ね」

「シュバルツ様は子豚さんじゃありません。私の……救世主です‼」

ローザが俺をヴィネから守るように前に立ちはだかり結界を張って風の刃をはじくが、たった一撃でひびが入る。それなのに、まるでこうなることがわかっていたかのように彼女は笑顔でこう言った。

「シュバルツ様、お逃げください。ここは私が時間を稼ぎますから……」

「ローザ……何を言って……」

「実はですね、私はもう一つ神託をもらっていたんです。その神託では顔の見えない救世主様。そして、その仲間にグリュンさんとリラ様が見えました。ですが、私はいなかったんです……だから、私はここであなたを守って死ぬのが運命なんでしよう」

「な……」

彼女の言葉に俺は絶句する。確かに原作ではローザはリヒトの仲間にはならなかった。もしも、彼女が見た神託が原作と同じならばローザはリヒトを庇って死ぬ運命にあるので、その神託にも姿はなかったのだろう。

俺が行動したことによって運命は変わったが、重要キャラの死は変えられないのか？　いや、まだ、わからないだろ。勝手に諦めてたまるかよ。

「ローザ……お前は俺がバルトを救ってからその神託を見たのか？」

「いえ、この神託を見たのはずっと昔のことですが……それが何か？」

「そうか。だったら、お前の運命はもう変わっているんだろうよ!!」

よかった。俺が運命を変えた後に神託を見ていないのならば未来だって変わっているはずだ。俺は立ち上がり、ヴィネを睨みつけるように見つめる。

だって、彼女の見た神託は俺が行動する前の神託だ。その時の救世主はリヒトだったかもしれないが、今のローザの救世主は俺なのだ。

「だめです。シュバルツ様!!　私は一生分あなたに愛していただきました。だから、もう未練なんてないんです。だから……」

「そうかよ‼　だけど、俺は未練がありまくりだ。お前ともっと一緒にいたいし、一緒に美味しいものを食べたり、イチャイチャだってしたい。それに俺が統治する街を見てほしいんだ。だいたい、お前が死んだら俺の呪いは誰が受けるんだよ‼」

俺は大声で叫びながらヴィネを魔眼で見つめる。悪魔の根源は魔力だ。だったら、俺の魔眼で支配できないはずがないんだ。

腕輪が怪しく輝いて、徐々にその力が増していくが、代償とばかりに頭痛がおそってきて……何かが口に入ったかと思うと鉄の味がする。目と鼻から血でもたれたのだろう。

「シュバルツ様……ですが……」

「うるせえ、お前が言ったんだろうが、俺はお前の救世主だって‼　だったら大人しく救われていろ‼」

「あらあら、熱いわねぇ。でも、私を無視して盛りあがって嫉妬しちゃうわぁ」

俺はローザを荒々しく抱き寄せながら、大声で叫ぶ。彼女のぬくもりが、俺に力をくれる。

「シュバルツ様……そうですよね……私はあなたといるって約束しましたもんね……私もあなたを信じます‼」

抱きしめているローザが治癒魔法を放ってくれたおかげで痛みが多少マシになる。

そして、彼女の絶対離さないという意志が俺に勇気をくれる。

ああ、そうだ。俺がこんなに頑張っているのは原作の世界を楽しむとか、そういうんじゃない。ローザを……俺を信じてくれた彼女を救うためなんだ。

それに、この程度の頭痛、ブラック企業で三徹《てつ》した時に比べればマシである。

「すごいわねぇ。人間なのに魔眼をそこまで使えるなんて……だけど、それでも悪魔である私を支配するのは無理よぉ。せめてもっと弱らせないと……その子を守るために一生懸命頑張った後に、目の前で殺されていく少女を見て絶望する君の表情は美味しそうねぇ」

「うるせえ、俺はローザの救世主なんだよ!!」

「シュバルツ様!!」

「くーん」

「な……あなたはアモン様……?」

俺が必死に魔眼でヴィネを支配しようと力を振り絞っていると、アモンがウルガーの持っていた大剣を器用に背負って、駆け寄ってくる。

そして、ヴィネは信じられないものを見るかのようにアモンを見つめていたが、にやりと笑った。

「あははは、あのアモン様がこんな可愛らしくなっちゃって!!　しかも、人間に使われるなんて無様ねぇ!!　ずっと気に入らなかったの。今なら私でも殺せるわぁ!!」

「きゃうん!?」

突如ヴィネが凶暴な笑みを浮かべて、風を生み出すと、アモンの体が切り刻まれる。

「アモン!!」

俺が慌てて、駆け寄ろうとすると脳内に直接声が響いた。

『あの女本当にむかつくなぁ、ねえ、雑魚豚ちゃん、力を貸すからやっちゃってよ♡』

その言葉と共にアモンと俺の持つ腕輪が輝いて、俺の魔眼が疼いたと思うと、なぜか次にヴィネがどう動くかがわかった。

これなら……あいつをやれる!!

そして、そのまま俺は魔法を唱える。

「風よ!!」

俺が生み出した風がアモンの背中から剣を奪い取り、ヴィネへと襲い掛かる。

「そんな攻撃当たらないわぁ。え？　なんで？」

嘲《あざけ》るように笑ったヴィネだったが、彼女が回避するよりも早く同じ方向に曲がった大剣によってその美しい腹部が貫《つらぬ》かれる。

魔力の篭った剣は悪魔にも有効だったようだ。彼女は痛みに顔を歪めて悲鳴を上げる。

「くぅぅぅぅぅ!!」

甲高《かんだか》い絶叫と共にそして、ヴィネの魔力が弱まるのを感じた。そして、その隙を俺が逃すはずがない。

「うおおおお!!　因果を見極め、我がものとせよ!!」

「シュバルツ様!!」

俺は魔眼の力によって、ヴィネを構築している魔力を支配し無効化していく。あとちょっとだ……というところで、真空の刃が俺を襲い掛かってくるがそれをローザが俺を庇うように立ちはだかる。

鮮血が舞い散り、俺の精神が乱れそうになるが……。

「シュバルツ様、私は大丈夫です。それよりもあいつを!!」

「ああ。任せろ。絶対ここで倒してやる!!」

血のにじむお腹を押さえながらも、俺を心配させまいと微笑むローザに頷いて、俺はさらに魔眼を酷使《こくし》して……ヴィネが徐々に小さくなっていく。

「せっかく腕輪から抜けたのにぃぃ!!　ここは……」

「くぅーん」

小さい体を器用に動かして逃げ出そうとしたヴィネをいつの間にか近づいていたアモンがぱじゅりと喰った。え……と思ったがその魔力の反応が徐々にアモンの中で消化されていくのが見えた。これで勝ちなんだよな……俺の視界の隅でウルガーが身に着けていた腕輪がパキンと砕けていった。それと同時に空にあった巨大な竜巻も霧散《むさん》していくのがうっすらと見えた。

ローザは無事か？　彼女の方を見ると心配そうに俺を見つめ何かをさけんでいて……そして、俺の意識は闇に堕《お》ちた。

エピローグ

　夢だと直感でわかった。ここは俺がアモンと最初に会った宝物庫だったからだ。そして、最初に来た時と同様に彼女はこちらを馬鹿にするような笑みを浮かべながら見つめている。

　しかも、なぜか彼女は玉座のような豪華な椅子に座っており、床に横たわっている俺を見降ろすようにして見つめている。

『えらーい♡　ヴィネのやつが生意気そうに暴れていたから、邪魔したけど、本当に倒すなんて……雑魚豚ちゃん頑張ったねー、ごほうびだよぉ♡　雑魚豚ちゃんは美少女の足とか好きでしょう？』

　目が合うと彼女は機嫌よさそうに褒めてきて、その足を俺の口へと運ぶ。こいつ、何をしやがる。ちょっと興奮してしまったのはここだけの話である……それよりもだ。確認することがある。

「あの腕輪はなんなんだ？　ウルガーを喰ったのか？　それに、俺の腕輪にも同じような効果があるのか？」

「うふふ、そうだよー。あの腕輪も、雑魚豚ちゃんの着けてる腕輪も『ソロモンの腕輪』っていう悪魔の力を秘めたものなの。そして、悪魔の力が暴走するとああやって食べられちゃうんだー。あ、もしかして怖くなっちゃった？」

アモンが楽しそうに、俺の腹を踏みながらからかうように言ってくるが俺の思考は別にあった。俺が書いた原作の腕輪にはこんな能力はなかったはずだ。何かが……誰かが変えたのだろうか？

それをするとしたら一緒に小説を書いていた親友の顔が浮かぶ。あいつはこういうのが好きだったからな……もしかしたら、俺が死んだ後に色々と書き加えたのかもしれない。

「ああ、確かに怖いな……」

「うふふ、ヘタレだなぁ、雑魚豚ちゃんは。だったら腕輪を外しちゃうー？　そうすれば悪魔《わたし》から解放されるかもしれないよー♡」

「……一つ聞いていいか？　俺にはあの時未来が視えた。あれもお前の力なのか？」

「うふふ、そうだよぉ♡　すごいでしょう。すこし先だけど未来も視えるんだよぉ♡　腕輪をたくさん使ったから私の本来の力もちょっとだけ使えるようになったんだねぇ♡」

「だったら俺は、腕輪を外さない。俺にはこの力が必要だからな」

「へぇー、私に食べられちゃうかもしれないいんだよ♡」

アモンの目が見開かれて興味深そうに俺を見つめる。彼女の視線を受けながら俺ははっきりと答える。

「ああ、それでもだ。これからどんなことがおきるかわからない。その時にこの腕輪とお前の力は絶対必要だ。だから、力を貸してくれ。アモン」

そう、こいつが何を考えているかはわからない。だけど、先の戦争を勝つことができたのは腕輪とこいつのおかげだ。だったら俺はローザを守り、領地で楽しい生活をするにはこの力は絶対に必要なのだ。

「うふふー、もちろんだよぉ。だけど……腕輪に飲まれた者の末路はわかったよねぇ♡　私を封印した雑魚豚ちゃんがどんな最期《さいご》を見せるかもうちょっとだけ付き合ってあげるねぇ♡　あ、そろそろ時間みたい。じゃあ、またねー♡」

「ちょっと、待て俺はまだお前に聞きたいことが……」

アモンの姿が薄れて徐々に霧がはれるように意識がはっきりとしていく。ああ、くっそ、目が覚めてしまうのか。

「これからも色々と災難《さいなん》はあるけど、とりあえずはハーレムを楽しむといいよー♡」

一体何を言って……そうして、俺の意識がはっきりして、目を覚ますと、そこには大きいおっぱいと少し小ぶりなおっぱいを身に包んだ二人の下着姿の少女が目に入った。


「えーとこれは……うおおお」

状況を把握する前に脳が渇きを訴えてくる。魔眼を酷使したからだろう。

今にも襲いたくなる衝動を抑えながら目の前で下着姿で恥ずかしそうに胸元を隠しているグリュンと、同じように恥ずかしそうに隠しながらも、何かを期待している様子で、熱い視線でこちらを見つめてくるローザを見ながら考える。

夢か？　と思い膝をつねるがくそいてえ、贅肉《ぜいにく》があるせいでやべえよ。

「ローザ、グリュンこれは一体どういうことだ？」

「それは……その……」

「シュバルツ様がサキュバスの呪いに苦しんでいると思い、待っていたんです。グリュンさんもずーっと私たちの仲間になりたかったみたいですよ」

「え？　まじなのか？」

ローザの言葉に何かを言いよどんでいたグリュンの顔がさらに上気して赤くなる。

そりゃあ、この砦に来てちょっとエッチなことはしたけど……。

てか、確かにハーレムとかのぞんでいたけどいざそうなるとテンパるな。

「あんたには助けられたしね。サキュバスの呪いが辛いんでしょう？　仕方ないから少しくらいエッチなことをしてあげるわ」

「いや、そんなに乗り気じゃないなら無理をしなくていいんだぞ。今はローザがいるし……」

「うう……‼」

流石に無理にそんなことはできないと遠回しに断ると、なぜかグリュンが獣《けもの》のような唸り声をあげた。一体どうしたんだよ。

「大丈夫ですよ、シュバルツ様。グリュン様は素直になれないだけでシュバルツ様に抱いていただきたいのです。私たちがイチャついている時も時々覗いて一人でしていたようですし」

「え？」

「なっ⁉　何回も覗いていたのに気づいてたの？」

「いえ、最初の時は気づいていましたが、その後も覗いていたんですね……」

「うう……死にたい……」

ローザの言葉でグリュンが顔を真っ赤にする。こいつ結構むっつりなんだな……。

「まあ、そういうことはだれでもあるって……」

へこんで肩をおとしているグリュンを慰める。俺も前世で自分で慰めているのを母にばれてむっちゃ気まずかったなと思っていると、グリュンがうるんだ瞳で見つめてきた。

「あんたって時々優しいわよね……そういうところ結構好きよ……」

そう言って、彼女は意を決したように、ベッドによこたわる俺に抱き着いてきて、軽く唇を重ねてきた。サキュバスの呪いか、本能か、俺は彼女を抱きしめ返して、そのまま唇に舌をいれる。

「ん……」

ビクッとした彼女を優しく抱きしめると、恐る恐るといった感じで彼女も俺の舌を絡めてくる。そして、そのまま俺は彼女の胸を揉むと、熱い吐息があふれ出す。

そして、攻守交替とばかりに俺は押し倒し、彼女の上になると背中に柔らかいものが押し付けられて耳元で囁かれる。

「シュバルツ様、私のことも構ってくれなきゃ嫌です。だって、さっき言ってくれたじゃないですか。私ともっとイチャイチャしたいって……」

そのまま耳をなめられ、ぞくりとした感触に振り返ると、甘えた顔をしたローザが俺の唇をついばんだ。数分ほど舌を絡ませ合ってひと呼吸をする。

視線に気づくとグリュンが俺達を羨ましそうに凝視しており、その右手は自分の下半身に軽く触れている。

こいつ……俺達がイチャつくのを見て興奮しているのか？

「うふふ、これで一旦は満足です。グリュンさんは今回が初めてですからね。私はサポートに回りますね」

「え？　ちょっと。なんであんたが私の胸を揉むの……あっ」

ローザが問答無用《もんどうむよう》でグリュンを愛撫《あいぶ》しはじめたので、俺は彼女の下半身を軽く愛撫する。少し触れるだけでびくんびくんとする彼女に優しく声をかける。

「その……いいか？」

「ええ……その……優しくしてね」

普段強気な彼女がしおらしいことを言うものだから、思わず俺も熱くなり、そのまま俺とグリュンは一つになった。

◆　◆　◆

あのあとローザにもたっぷりと搾《しぼ》り取られたせいかすっかり喉が渇いてしまった。そのかわり心の飢えはすっかり満たされた。二人がベッドで可愛らしく寝息を立てているのを見届けて、俺はなんとなく中庭を散歩していると、剣を振るう音が聞こえた。

「ん？　シュバルツか……」

なんとなく気になって音の方へ向かうと素振《すぶ》りをしていたリヒトと目があった。

彼は一瞬眉をひそめたが、剣を鞘にしまい俺に視線を送ってきた。

「ああ、戦いが終わったばかりだっていうのに熱心だな」

「ふん、俺は悪魔には歯が立たなかったからな……もっと強くならなきゃいけないんだよ。守れるものも守れやしない」

悔しそうに言う彼だが、この段階で悪魔を倒すのは本来は無理だ。俺は単に相性がよかったのと、アモンと魔眼のおかげにすぎない。

まあ、そう言っても納得はしないだろうけどな。

「お前が悪魔を倒したんだってな。義姉さんの言う通りすごいやつっていうのは認めるよ……」

「リヒト……」

「だけど、義姉さんを泣かすようなことをしたら絶対に許さないからな」

そう言って、どこか刺々《とげとげ》しい物言いをするリヒトだけど、最初に出会った時のような敵意は感じられなかった。

少しは認められたってことかな……。

そして、リヒトへの回答なんて決まっている。

「ああ、心配するな。ローザは俺が守るし、泣かせはしないよ」

「ふん、その言葉信じてやるよ。その代わり……この国は俺とリラ様が守る。だから、お前は安心して領地で義姉さんを守ってろ」

「ああ、頼むぜ。気がむいたら俺のバルト領に来るといい。その時は歓迎してやろう」

「英雄になった俺に義姉さんを奪われても泣くなよ」

どちらが先に手を出したのか、俺とリヒトは自然と握手を交わし、お互いの約束を誓いあった。原作とは多少流れは変わっているし、原作とも違う所があるが、彼らはこの国を守るためにこれからも頑張っていくのだろう。

そして、今のリヒトは信頼できる。そう思ったのだ。

「それとな、義姉さんはその……異性があんまり得意じゃないし、エッチなことも苦手なんだ。だから、絶対に手を出すなよ。サキュバスの呪いはもう治っているんだろ」

「え？」

手を出すどころか、さっきまで無茶苦茶セックスしてたんだが⁉　しかも、ローザのやつ結構積極的だぞ。最近では俺よりあっちから誘ってくる感じである。

「おい、なんで黙っているんだ？　なんか、言えよ。お前まさか……」

「いや、なんでもない……肝《きも》に銘じておくよ」

またリヒトとの関係が悪化しそうになったので俺は適当に誤魔化した。まあ、こいつとはしばらく会うことはなさそうだしいいだろう。

◆　◆　◆

翌日、戦争に勝った俺達は戦後の処理を任せてバルト領へと戻っていた。元々俺達は戦いのサポートのために砦に来ていたからな。

用が済めばさよならってわけだ。まあ、帝国もこれだけの戦力を送って負けたのだ。しばらくは大人しくしているだろう。戦争には補給はもちろん、兵士を集めたりと色々と準備が必要だからな。

見送りにはリラとシルト将軍が来てくれた。リラはしばらく、この砦での後始末をしてから信頼できる仲間の所に身をよせるつもりらしい。

リラが何か意味深な笑いを浮かべながら「また会いましょう」とか言っていたけど、俺が気を失った後に、敵の拠点をつぶして英雄扱いされている彼女と、俺が会うことはあるだろうか？

そして、シルト将軍からは落ち着いたら兵士を派遣してもらう約束をした。彼の兵士は練度が高いので一緒に訓練をすれば、我が軍の兵士の戦力も一気に上がるだろう。

「久々のバルト領だな。なんかずいぶんと久しぶりな気がするな……」

「そうですね。色々とありましたからね。シュバルツ様と一緒に戻ってこれて幸せです」

俺が馬車の窓の景色を見て懐かしんでいると、ローザが体をこちらに預けてくる。柔らかい感触と共に、彼女の甘い香りが鼻孔をくすぐる。

「俺達の関係も大分変わったよな……すっかり、甘えん坊になっちゃって」

二人っきりになると甘えてくる彼女に苦笑すると、少し拗ねたように唇を尖らせた。

「こういう私は嫌でしょうか?」

「いや、むしろ普段との違いがあってとても可愛いよ」

「えへへ……私もシュバルツ様にこうしてもらえるのとってても嬉しいです」

ローザの頭を撫でると幸せそうな顔をする。手に吸い付くような美しい髪は何度撫でても飽きを感じさせない。

「でも、変わったのは私だけじゃありませんよ」

「ひええ!!」

そして、彼女が指をさす方向には……御者のグリュンがこちらを無茶苦茶睨んでいた。「顔には私を無視して何いちゃついてんのよ」って書いてある気がする。

「グリュンさんじゃないです。その先です。まあ、あとで彼女も甘えさせてあげてくださいね……」

苦笑するローザの言葉に従って、窓を覗くとそこには大きな垂れ幕があり、『シュバルツ様、戦勝おめでとうございます』と書いてあったのだ。

俺が驚いている間にも馬車は街へと入っていき、大きな歓声が辺りを支配する。

「これは……？」

「シュバルツ様をたたえる声ですよ。バルトの英雄が戦に勝利をして帰ってきたんです。これくらい当たり前じゃないですか？」

何がおきているかわからず呆然《ぼうぜん》としている俺にローザが優しく説明してくれる。

ああ、そうか……この街の人々は俺の頑張りを認めてくれるのだ。何をやっても馬鹿にされ手柄を横取りにされる前世とは違う。

そもそもだ。この街の人々はシュバルツがクソだった時も、頑張っていたのだ。

頑張ってくれていたのだ。そして、その中心にいたのは彼女だ。

「ローザ……俺はこの街を……そして、お前を守り抜くよ」

「シュバルツ様……？」

いきなりの言葉にきょとんとしていた彼女だったが、満面の笑みで微笑んだ。

「はい、信じてます。だって、シュバルツ様は私の救世主ですから」

そう言って胸元に飛び込んでくる彼女を抱きしめつつ俺は考える。この街を守るために頑張らねばと……正直この国の指揮官が裏切っていたのだ。正直どこまで頼れるかはわからない。

だから、俺はこのバルト領を最強の街にするのだ。ローザを抱きしめながら俺はそう誓うのだった。


砦での戦いがおきて一週間がたった。その間に色々と状況は変わっていった。

「帝国軍が撤退か……」

「はい、やはり砦を任せていた部隊が全滅をしたのが痛かったんでしょうね。しばらくは緊張状態が続くでしょうが、戦争が起きる可能性は少ないと思います」

「そうか……ならば、今のうちに戦力の増強だな。そういえばこの前の戦いの褒賞金はどうだった？」

ローザの報告を受けながら、俺はこの街の戦力アップを考える。帝国が大人しい間に戦力を上げて、また襲撃が来た時に備えるのだ。

兵士の戦力増加に、城門の強化など、色々とやることはある。

「本日やってくる使者の方から報告があるそうですよ。その時に詳しい褒章もおしえていただけるとのことです」

「そういえばそんな話があったな……色々と時間がかかるんだな……」

メールとか色々ある前世が恋しく思っていると、ノックの音が響く。メイドに用件を聞くと、ちょうど使者がやってきたようだ。

すでに待っているらしいので俺はローザと共に客室へと向かう。

「この度はわざわざ遠くまで……は？」

そして、扉を開いて挨拶を始めた俺を待っていたのは予想外の人物だった。絹のような美しい金色の髪をした長身の美少女が、紅茶を飲みながら優雅に座っている。

そう、リラだ。

かっこつけて別れたが、速攻再会して気まずそうにしているリヒトもいたが正直どうでもいい。

「お久しぶりです。シュバルツ殿。あなたへの褒章が決まりました。褒賞金と、あなたを国境警備の指揮官に任命するそうです。ここら辺周囲の領地をまとめ、帝国の侵略に備えてほしいとのことです」

リラが広げた紙には明らかに多すぎる褒賞金と共に、王の直筆で彼女が言った通りのことが書いてあった。確かにこれだけの金があれば、兵力の強化もできるし、地位もあればかなり自由に活動できる。これまでは原作の知識があっても先立つものや権力がなかったため、できなかったこともできるようになるだろう。

「確かにありがたいですが、ここまで優遇していただけるとは……まさか、リラ様何かされました？」

俺の言葉に彼女はにこりと笑う。

「はい、シルト将軍と共に軍部に物理的に圧力をかけさせていただきました。本当の英雄は私ではなくあなただと思っていますから」

「ありがとうございます。でも、なんでそこまで……？」

「シュバルツ殿もご存じかと思いますが今のこの国は腐敗《ふはい》し弱体化しています。今回は帝国の侵略を防げましたが次はどうなるかわかりません。そんな中戦況を覆すあなたに私は英雄の姿を見ました。共にこの腐りきった国を救ってはもらえませんか？」

リラは俺の手を取るとどこか熱を帯びた目でこちらを見つめてそう言った。そのセリフは本来ならば覚醒《かくせい》したリヒトが言われるもので……困惑している俺をよそに彼女は話を続ける。

「もちろん、ただでとは言いません。私もこの街に滞在するので、私とその部下をこき使っていただいてかまいませんよ」

「え、まじですか……」

そうして、俺は図《はか》らずとも強力な仲間を得たのだった。でもさ、これって本来主人公やメインヒロインが巻き込まれる厄介事もくるんじゃ……と頭を抱えたくなる俺をよそに後ろでローザが「シュバルツ様は英雄ではなく、私の救世主です」と膨れっ面をしているのに気づく。あとで可愛がってあげないと……。

何はともあれこれからも忙しくなりそうである。

◆　◆　◆

帝国の地下にフードを被った人影がいた。

「まさか、悪魔の腕輪を使ってまで負けるとは……これが主人公補正かしら？　いや、それだけじゃないわ……もう一人イレギュラーがいたようね……」

兵士からの報告書を読んだ彼女は、ぶつぶつと独り言を呟く。そのイレギュラーはシュバルツという男である。元々彼の街は最初の襲撃で降伏するはずだった。原作ではそれが帝国の敗北フラグにつながるため、徹底的に皆殺しにするはずだった。念のために相性のいい六騎士も配置したのだ。負けはないはずだったのに……。

「そして、今回もシュバルツか……この男……私と同じ転生者かもしれないわね……」

自分という存在が転生したのだ。他にいてもおかしくはない。だからこそ彼女はにやりと笑う。

「ようやく面白くなったわね。私と親友が作ったこの世界、精一杯楽しまなきゃね」

彼女は一人笑ってそう言った。

番外編　ローザの日常

「ふー疲れたな……」

「シュバルツ様、紅茶を淹《い》れたのでお飲みください」

書類を見ていたシュバルツが一息ついたタイミングでローザが声をかける。王からの命令で砦の援軍に行っていたこともあり、彼が処理をしなければいけない仕事がたまっているので、大忙しのようだ。

ローザはそんな彼のサポートをしている。彼女の仕事はシュバルツの健康を気遣《きづか》ったごはんを作ったり、書類作業の手伝い、領民たちとシュバルツの仲介《ちゅうかい》や、教会のサポートなど多岐《たき》にわたる。

「ありがとう。だけど、もう、メイド服を着なくてもいいし、俺の世話は他のメイドに頼むから無理をしなくていいんだぞ。ローザも色々と忙しいんだろう」

「シュバルツ様のお世話は私がしたいからしてるんです。それともご迷惑でしょうか？」

シュバルツの言葉にローザは拗ねたように頬を膨らませる。そう、実際のところ、彼の世話に関しては屋敷の他のメイドがやることもできる仕事である。

そもそもメイドの真似事《まねごと》をさせられていたのはシュバルツの嫌がらせにも近い命令だったこともあり、今は彼がやめていいと言っている以上、彼女がやる必要はないのだが、ローザの方がシュバルツといたいがため続けているのである。

「そりゃあ、ローザが一緒にいてくれると嬉しいよ。だけど、あんまり無理をしないようにな」

「はい、もちろんです!!　でも、シュバルツ様も深夜遅くまでお仕事をやっているのを知っていますよ」

「ああ……それは残業しないと終わらないし……それにそういうのは慣れているからさ……徹夜で書類を作ってそのまま会議をしていた時よりはましだよ……でもまあ、たまっていた仕事ももう少しで終わるから安心してくれ」

何かつらいことでも思い出したように苦い顔をするシュバルツを見て、力になれないかとローザは考える。

「シュバルツ様は甘いものがお好きでしたよね？　もし、よろしければ今夜、お夜《や》食《しょく》にでも何かおつくりしましょうか？」

「え、本当？　ローザの手作りとか最高だな。じゃあ、パンケーキとかお願いしてもいいか？」

「はい、もちろんです。孤児院で働いていた時にも子供たちに作っていたので、自信があるのでお任せください」

「ああ、楽しみにしてるぞ!!　これならもうちょっと頑張れそうだな」

ローザの言葉に満面の笑みを浮かべるシュバルツを見て、胸がぽかぽかとするのを感じる。彼のために何かをするのが以前は苦痛でしかなかったのに、今ではこれ以上に幸せなことはないと感じる自分の変わりように驚きながらもほほ笑む。

「もう、だからってあんまり無理をしたらだめですよ。今日はシュバルツ様の寝室に届けに行きますからね。ちゃんと休んでなきゃいやですよ」

「え、それって……？」

「……ご想像にまかせます」

ローザの言う意味を理解して顔を嬉しそうにするシュバルツに恥ずかしくなり、彼女はシュバルツの部屋をあとにするのだった。

「ローザ様、今日は何か嬉しいことがあったんですか？」

屋敷をあとにして、教会での仕事をしていると同僚のシスターにそんなことを言われる。どうやら表情に出ていたようだ。

「何かあったというわけではないのですが、シュバルツ様にパンケーキを作って差し上げようと思いまして……どういうのが良いのかと考えていたんです」

「あー、好きな人に手作りのお菓子をプレゼントってやつですね。ローザ様ってば恋する乙女《おとめ》って感じで可愛らしいです」

「もう、からかわないでください!!　まあ、その確かに好きな方へのプレゼントですが……」

シスターの言葉に顔を真っ赤にするローザ。自覚はしているもののいざ他人に言われると恥ずかしくなるものだ。

「だけど、安心しましたよ。ローザ様はこっちへ来たばかりの時はいつも辛そうな顔をしていましたから」

「え？」

「いつもシュバルツ様の愚痴《ぐち》ばっかり言って……故郷の方角を見てましたからね。だから、今のローザ様を見ているとこっちも嬉しくなります。これも全部サキュバスの呪いをローザ様が解呪したおかげですね。シュバルツ様も別人みたいにしっかりした方になりましたし」

「あはは、そうですね……」

呪いが本当は解けていないことを知っているローザは笑ってごまかす。そして、へこんでいたことを隠せずに彼女に心配させていたことを恥じる。

「あの時は心配させてしまい申し訳ありません。シュバルツ様も正気に戻ってくださいましたし、私ももうここで骨を埋めるつもりですから」

「それはシュバルツ様と一生一緒にいることを決めたっていうことですか？　お二人はいつも一緒にいますもんね」

「もうからかわないでください……私はこの街が大好きなだけです!!」

「ねーねー、ローザ姉ちゃんご本読んでー」

にやにやとした笑みをうかべていじってくるシスターに顔を真っ赤にして反論をしていると、子供たちに声をかけられる。これも教会の仕事でありローザは子供たちの相手をするのが大好きだった。

「いいですよ。昔々あるところに……」

その本は身分違いの貴族とプリーストの恋物語だった。相思相愛《そうしそうあい》でありながら、身分違いの二人はなかなか一歩進むことができないでいた。

そんな中プリーストの少女はクッキーに『求愛の花』をいれたものをプレゼントして想いを告げるのだ。

「うふふ、いい話でしたね」

「そうでしょー。うちのお母さんもお父さんにこの花を贈ったんだよ」

「え？　実際にあるんですか、この花」

自分の状況と似た彼女に感情移入していたローザは驚きの声を上げる。子供に詳しく聞くとこの地方にのみ咲く花らしく、告白をする時に渡すとずっと幸せでいられるというジンクスのようなものがあるようだ。

つまり……この花をパンケーキに添えたりしたらシュバルツ様は喜んでくれたりするのでしょうか……。

どさくさで想いを告げたがあの後は結局バタバタしていたこともあり、お互いの気持ちを確認するタイミングを見失っていた。それに、恋愛慣れをしていないローザはあらためて想いを告げるのが恥ずかしいのである。

　これはちょうどいい機会かもしれませんね。

　思い立ったら早速行動あるべしである。仕事を終えたローザは目的の場所へと向かうのだった。


「クエストを依頼したいのですが……」

「ああ、求愛の花の採取クエストですね。ちょうどいま冒険者さんがギルドの依頼を受けて戻ってくる時間なので、ここで販売をすることもできますよ」

「あ、そうなんですか、では、お願いします」

　ローザはふぅーっと冒険者ギルドの受付で安堵の吐息を漏らす。市場に売っていなかったので、慌てて冒険者に依頼をする予定だったが手間がはぶけてよかった。

　できればこういうことは早いうちにしたいですからね……これならば今夜には間に合うでしょう。

　そんなことを思っているとギルドの扉が少し乱暴に開く。もしかして、依頼を受けた冒険者が帰ってきたのだろうか？

「求愛の花の採取無事終わったわよー。ついでに私も欲しいから報酬《ほうしゅう》から引いて……ローザなんでこんなところいるのよ？」

意気揚々《いきようよう》とした感じで受付にやってきたグリュンと目が合ってしまった。別に悪いことをしているわけではないがちょっと……いや、かなり恥ずかしい。

「それはですね……」

「ああ、グリュンさん依頼ありがとうございます。ちょうどこちらの方が『求愛の花』を欲しがっていたんです。助かりました」

「へぇー、あなたが『求愛の花』をねぇ……普段あんなにイチャイチャしているくせに……」

ローザが言い訳をする前に受付嬢が言ったことによってローザが誰に『求愛の花』を渡すのか察したグリュンがにやりと笑った。

「うう……悪いですか……だって、今更素直《すなお》に好きっていうのは恥ずかしいんですよ……」

「ああ、からかってごめんってば。でも、ローザはこういう時はガンガン行くタイプだと思ったから予想外だったのよ」

図星をつかれて情けない声を上げると、慌てた様子でグリュンが謝ってくる。だけど、彼女の言うこともっともだ。自分はもっとこういう時にしっかりと行動できると思っていたのに……。

「せっかくだから持っていきなさいな。早くしないと私もシュバルツに渡しちゃうからね」

「それは……急がないとですね。ありがとうございます」

先ほどの会話からグリュンもシュバルツに渡そうとしていたことはわかっている。だけど、なんとなく最初に渡したい。その気持ちを汲《く》んでくれた彼女に感謝して急いで屋敷へと戻ることにするのだった。

「ーーー♪」

屋敷の厨房《ちゅうぼう》でローザは鼻歌交じりにパンケーキを作っていた。ボウルに卵や牛乳、砂糖を入れてかき混ぜたあとにさらに薄力粉をまぜて手際よくかき混ぜる。

子供たちに振舞っていたこともありパンケーキには少し自信があった。そして、料理をしている時に食べてくれるであろう人のことを考えると、幸せな気持ちになってくるから不思議である。

シュバルツ様は喜んでくれるでしょうか？　そして……私の気持ちに気づいてく

れるでしょうか？

そんなことを思いながら生地をフライパンに流し入れる。生地の焼き上がってい
く香ばしい匂いが鼻孔《びこう》をくすぐる。料理の調味料には愛情が大事だという。それな
らばこれはローザが今まで作った中でもっとも美味しいパンケーキになるであろう。

「えい‼」

可愛らしい声をあげながらフライパンの上でパンケーキをひっくり返して、美し
い茶色に焼きあがった生地を見て彼女は満面の笑みを浮かべてうなずいた。

そして、皿に移し替えて、過度にその存在を主張しないようにして、『求愛の花』
を飾ってシュバルツの部屋へと向かう。

「失礼します。お夜食をお持ちいたしましたよ。シュバルツ様……ちゃんとお休み
をとってますか？」

「ああ。ローザか……待ってたぞ。ちゃんと休んでいるから安心してくれ」

扉を開けると椅子に座り自分で淹れたであろう紅茶を飲みながら何かを読んでい
るシュバルツが彼女に微笑みかける。

「もう、言ってくれたら私が紅茶くらい淹れたのに……」

「せっかく、ローザがパンケーキを作ってくれるんだ。これくらいはさせてくれよ。

良かったら一緒に食べないか？」

「実はそのつもりで二人分の食器を持ってきてしまいました」

シュバルツの優しい言葉にローザがちょっといたずらっぽく笑う。そして、彼にパンケーキを取り分けてもらいながら、なんだか恋人っぽくていいなと胸が熱くなり……彼の視線が『求愛の花』を見つめていることに気づく。

「シュバルツ様……その……それはですね……」

「ああ、綺麗な花だな」

自分の考えに気づいてくれたのだろうと気持ちを伝えようとしたローザだったが、シュバルツは物珍《ものめずら》し気《げ》に見つめるだけだった。

まあ、シュバルツ様はあまりこういうことには興味がなさそうですからね……。

「ん？　どうした。ローザ？　ああ、こういうことか？」

ちょっと残念に思っていると、何を勘違いしたのかシュバルツがフォークにさしたパンケーキをこちらに差し出してくる。

ローザは恥ずかしがりながらも口を開けるとパンケーキの甘みが口に広がるのを感じる。何度も食べた味だというのに不思議といつもより美味しいのは気のせいではないだろう。

「ありがとうございます。では、私もお礼に食べさせてあげますね」

「ああ、ありがとう」

そんな風に食べさせあって、パンケーキを食べ終えるとシュバルツが何やらもじもじとしている。その様子にローザは彼が何か隠し事をしているのに感づいた。

彼はこういう時わかりやすいのだ。

「どうしたんですか？　シュバルツ様？　まさか、また、魔眼を使ったのでしょうか？」

ローザがジトーっとした目で見つめると、シュバルツは観念《かんねん》したように頰を搔いて隠し持っていた花束を差し出してきた。

その花は『求愛の花』である。

「これは……」

「それはその……なんか戦争とかあってうやむやになったままだったのがいやだったからさ……グリュンに頼んでおいたんだよ。そのサプライズのつもりだったんだけど……」

「もう……シュバルツ様の馬鹿!!」

恥ずかしそうに目を逸らすシュバルツ。その様子に感極《かんきわ》まってローザは抱き着いた。そして、自分がパンケーキに『求愛の花』を飾った意図《いと》もばれていることに気づいて……。

恥ずかしさを誤魔化《ごまか》すように彼の胸元に顔を埋める。最近体をきたえているからか筋肉のつきはじめた彼の体にドキッとする。

「その……いやだったか？」

「そんなわけないじゃないですか、嬉しいです。でも……私のパンケーキを見て気づかないふりをするのはずるいですよ‼」

拗ねたように甘えるローザの頭を撫でながらシュバルツが彼女の耳元で囁く。

「悪かったって……でも、俺も嬉しかったんだぜ」

「もう、私の方が嬉しいにきまって……あ♡」

耳もとで囁かれて悶えるローザ。そして、二人は抱き合って……そのままベッドへと向かうのだった。

Jノベルライト文庫

◆加速する面白さ！　次の試練は学園対抗戦!!
Fクラスの最強魔王は勝利できるのか!?

転生魔王の勇者学園無双 2

〔著〕岸本和葉　〔イラスト〕桑島黎音

人間に転生した魔王アルドノアは、世界の在り方を変えようと配下のゼナ・ベルフェとともにエルレイン王立勇者学園で学生生活を送っていた。

そんな中、各国の勇者学園との試合「学園対抗戦」の情報が飛び込む。優勝すれば世界中で実績として認められると知り、Fクラスの立場をはねのけて学園対抗戦への切符を得たアルは、試合会場で探していた人物と出会い――!?

ますます緊迫！　元魔王の成り上がり学園ファンタジー！

発行 / 実業之日本社　定価 /770 円（本体 700 円）⑩　ISBN978-4-408-55795-3

Jノベルライト文庫

◆竜王族の魔法を極めた少年、人間界を凌駕！
新たな「人類裁定」の舞台は邪悪が巣食う魔法国。

竜に育てられた最強 2
〜全てを極めて少年は人間界を無双する〜

〔著〕epina／すかいふぁーむ〔イラスト〕みつなり都　〔キャラクター原案〕ふじさきやちよ

人間たちの相次ぐ侵犯行為に怒った竜王族は、人類が共存に値するか否かを試す「人類裁定」を開始する。人間でありながら竜王族に育てられた少年・アイレンがその裁定者として選ばれた。

セレブラント王都学院に入学したアイレンは様々な経験をする中、セレブラント王国での裁定を終え、新たな裁定の舞台となるフルドレクス魔法国へ仲間と共に向かうことになる。

第一王子ガルナドールが実権を握り、多くの問題が渦巻く魔法国でアイレンは新たな苦難に立ち向かう…。

発行／実業之日本社　定価／770円（本体700円）⑩　ISBN978-4-408-55767-0

Jノベルライト文庫

◆幼馴染やクラスメイトをテイムして
やりたい放題!? テイマー×ラブコメ

異世界でテイムした最強の使い魔は、
幼馴染の美少女でした

〔著〕すかいふぁーむ〔イラスト〕片桐

地味な男子生徒・筒井遥人は、クラスメイトたちと一緒に突然異世界に召喚される。

流されるまま召喚地である王国の姫・フィリアの【鑑定】の能力で全員の能力を調べていたところ、疎遠になっていた遥人の幼馴染・望月美衣奈の能力【魔法強化】が暴走してしまう。

そんな美衣奈を助けられる唯一の方法は遥人が美衣奈を【テイム】すること!?

学園一の美少女である美衣奈に気を遣い遥人は距離を置こうとするが、どうやら美衣奈は違うようで……。

一方裏では遥人に嫉妬するクラスメイトたちが暗躍していて——?

発行 / 実業之日本社　定価 /770円（本体700円）⑩　ISBN978-4-408-55740-3

Jノベルライト文庫

転生《てんせい》したら破滅《はめつ》フラグ満載《まんさい》の悪徳豚貴族《あくとくぶたきぞく》!!
～俺《おれ》だけ知《し》ってる原作知識《げんさくちしき》と、最強魔眼《さいきょうまがん》で成《な》り上《あ》がる。力《ちから》の対価《たいか》は強制《きょうせい》ハーレムです!!～

2023年4月12日　初版第1刷発行

著　　者　高野《たかの》ケイ
イラスト　ゆーにっと
発 行 者　岩野裕一
発 行 所　株式会社実業之日本社
〒107-0062　東京都港区南青山 5-4-30
emergence aoyama complex 3F
電話（編集）03-6809-0473
（販売）03-6809-0495
実業之日本社ホームページ　https://www.j-n.co.jp/
印刷・製本　大日本印刷株式会社
装　　丁　AFTERGLOW
D T P　ラッシュ

この作品はフィクションです。実在の人物・団体・事件等とは一切関係ありません。

本書の一部あるいは全部を無断で複写・複製（コピー、スキャン、デジタル化等）・転載することは、法律で定められた場合を除き、禁じられています。また、購入者以外の第三者による本書のいかなる電子複製も一切認められておりません。

落丁・乱丁（ページ順序の間違いや抜け落ち）の場合は、ご面倒でも購入された書店名を明記して、小社販売部あてにお送りください。送料小社負担でお取り替えいたします。ただし、古書店等で購入したものについてはお取り替えできません。

定価はカバーに表示してあります。

小社のプライバシー・ポリシー（個人情報の取り扱い）は上記ホームページをご覧ください。

©Kei Takano 2023 Printed in Japan
ISBN978-4-408-55794-6（第二漫画）